ギヴァー
記憶を注ぐ者

ロイス・ローリー
島津やよい……訳

Lois Lowry

THE GIVER

新評論

THE GIVER
written by Lois Lowry

Originally published as a Walter Lorraine Book.

Japanese translation published by special arrangement with
Houghton Mifflin Harcourt Publishing Company
through Tuttle-Mori Agency, Inc., Tokyo.

登場人物

❄**ジョナス**…物語の主人公。もうすぐ〈一二歳〉になる少年。言葉への感受性《かんじゅせい》が強い。コミュニティの〈記《き》憶《おく》の器《うつわ》〉（レシーヴァー）に任命《にんめい》される。

❄**ゲイブリエル**（ゲイブ）…ジョナスの父が特別看護《とくべつかんご》のために家に連れてきた、発育不良《はついくふりょう》のニュー・チャイルド（新生児《しんせいじ》）。

❄**アッシャー**（アッシュ）…ジョナスの同級生で親友。冗談《じょうだん》好きのほがらかな少年。〈レクリエーション副《ふく》監《かん》〉に任命される。

❄**フィオナ**…ジョナスの同級生。成績優秀《ゆうしゅう》でもの静かな少女。〈老年者《ろうねんしゃ》の介護《かいご》係〉に任命される。

❄**ジョナスの父**…ニュー・チャイルドの〈養育《よういく》係〉を務《つと》める。内気でおだやかな性格。

❄**ジョナスの母**…〈司法局《しほうきょく》〉の重要なポストに就《つ》いている。知性《ちせい》豊かな女性。

❄**リリー**…ジョナスの妹。もうすぐ〈八歳〉になる、おしゃべり好きな少女。

❄**〈記憶を注《そそ》ぐ者〉**（ギヴァー）…コミュニティの記憶をつかさどる老人（ただし、見かけほど歳《とし》をとってはいないらしい）。ジョナスを後継者《こうけいしゃ》として育てるべく、彼の心に記憶を注ぎ、訓練《くんれん》をほどこす。

〈ギヴァー〉と〈レシーヴァー〉について

ジョナスの住むコミュニティでは、**〈記憶の器《レシーヴァー》〉**（Receiver of Memory）と呼ばれるただ一人の人物が記憶を管理《かんり》している。この〈レシーヴァー〉に何らかの限界《げんかい》が訪《おとず》れると、新たな〈レシーヴァー〉が後継者として選出《せんしゅつ》される。この時、現在の〈レシーヴァー〉は、新たな〈レシーヴァー〉に自分のもっているすべての記憶を与《あた》えるため、〈レシーヴァー〉であると同時に**〈記憶を注ぐ者《ギヴァー》〉**（The Giver）ともなる。

ギヴァー　記憶を注ぐ者

すべての子どもは未来を託《たく》された存在である

1

十二月がまぢかに迫《せま》っていた。ジョナスはしだいに怖《こわ》くなってきた。いや、言葉がちがう、とジョナスは思いなおす。怖がるというのは、何か恐《おそ》ろしいことがもうすぐ起きるかもしれないと感じて、最悪の気分になるってことだ。それは去年、正体不明《しょうたいふめい》の飛行機が二度、コミュニティの上空を飛んだ時に感じたようなものだろう。ジョナスは二度とも目撃《もくげき》した。空に目をこらすと、すらりとした姿《すがた》のジェット機が猛《もう》スピードで飛び去るのが見え、次の瞬間《しゅんかん》、爆音《ばくおん》が耳を引きさいた。その直後、反対の方角《ほうがく》から、そのジェット機がまた現れたのだった。

最初は夢中《むちゅう》で見とれていただけだった。コミュニティの上空を飛ぶことは、〈パイロット〉の規則で禁じられていたので、飛行機をそれほど近くで見たのは初めてのことだった。ときおり、生活必需品《ひつじゅひん》を運んできた貨物専用機《かもつせんようき》が、川向《かわむ》こうの滑走路《かっそうろ》に着陸《ちゃくりく》することがあった。すると子どもたちは自転車を飛ばして土手《どて》に駆《か》けつけ、食い入るように荷下《にお》ろしの作業を見つめた。やがて貨物機はいつも西の方角へ、コミュニティを離れて飛び去っていくのだった。

だが、去年のやつはちがっていた。それはずんぐりした胴《どう》の太い貨物機ではなく、鼻先《はなさき》のとがった、一人乗りのジェット機だった。ジョナスが不安になってあたりを見回すと、ほかの人々も——大人も子どもと同じように——手を止め、困惑《こんわく》した様子《ようす》で、このぞっとする出来事《できごと》について説明がなされるのを待っていた。

しばらくすると、すべての市民は最も近い建物の中に入って待機《たいき》せよ、という指令《しれい》が出た。

「スミヤカニ待避《タイヒ》セヨ」と、スピーカーからきしるような声が告《つ》げた。「自転車ハ、ソノ場ニ放置《ホウチ》シナサイ」

すぐにジョナスは指令どおり、自転車を家の裏道《うらみち》に横倒《よこだお》しにすると、家の中に飛びこみ、じっと待った。家には誰もいなかった。両親は仕事に行っていたし、妹のリリーはいつも放課後を過ごす〈児童《じどう》センター〉にいるはずだ。

正面《しょうめん》の窓《まど》から外を見ても人影《ひとかげ》はなかった。午後忙《いそが》しいはずの人々の姿がどこにも見えない。ふだんならこの時間帯《じかんたい》には、〈道路清掃係《せいそう》〉や〈景観美化係《けいかんびか》〉、それに〈食料配達係〉の人々が、通りにひしめいているはずだった。だが今日は、うち捨《す》てられた自転車があちこちに横倒しにされているばかりだ。一台の自転車の宙《ちゅう》に浮いた車輪が、まだゆっくりと回転していた。

ジョナスは怖くなった。住みなれた街《まち》が息をひそめ、何かが起きるのを待ちかまえているような気がする。胃《い》のあたりがムカムカしてきた。体がぶるっと震《ふる》えた。

しかし、けっきょく何も起きなかった。数分後にスピーカーが再び鳴りはじめたが、その声はもう落ちついていた。流れてきた説明によると、訓練《くんれん》中の〈パイロット〉が、飛行指示をかんちがいして誤《あやま》った方向に旋回《せんかい》してしまった。そこで〈パイロット〉は、ミスが発覚《はっかく》しないうちに必死で正しいコースに戻《もど》ろうとしていたのだ、という。

「言ウマデモナク、彼ハ解放《カイホウ》サレルデショウ」

スピーカーの声はそう告げると、おし黙《だま》った。この最後の言葉には、どこか皮肉《ひにく》な調子があった。まるでおもしろがっているような感じだ。ジョナスも少し笑ってしまったが、本当はそれがどんなに厳《きび》しいことかわかっていた。しかるべき貢献《こうけん》をしている市民にとって、コミュニティからの「解放」は最終決定であり、恐ろしい罰《ばつ》であり、抗《あらが》うことのできない失敗宣告《せんこく》なのだ。

たとえ子どもでも、その言葉を軽々《かるがる》しく使うとひどく叱《しか》られた。子どもたちは、ボールをとりそこなったり、かけっこで転んだりしたチームメイトをからかうのについ使ってしまうことがあった。ジョナスも一度経験がある。親友のアッシャーに、「もういいよ、アッシャー！　おまえなんか解放だ！」とどなってしまったのだ。アッシャーのまずいエラーでチームが敗《ま》けたので、思わず口に出た言葉だった。コーチはすぐにジョナスをわきへ呼び、言葉少《すく》なに、しかし厳しくさとした。ジョナスは後《うし》ろめたさでがっくりとうなだれ、試合の後でアッシャーにあやまった。

今、「怖い」という感情について考えながら、ジョナスは川沿《かわぞ》いの道を家に向かって自転車をこいでいた。飛行機が猛スピードで飛び去るのを見た時の、はっきりとした、胃が縮《ちぢ》みあがるような恐怖《きょうふ》がよみがえった。それは今、一二月が近づいてきて感じている気持ちとはちがう。ジョナスは現在の気持ちをぴたりと言いあてられる言葉を探しつづけた。

ジョナスは、言葉の使いかたについて慎重《しんちょう》だった。親友のアッシャーはちがう。早口でまくしたてるし、話題《わだい》はごちゃまぜ、単語やフレーズをやみくもに並べたてる。だからなかなか人に話が通じないし、しょっちゅう大笑いされてしまうのだった。

ある朝、アッシャーが教室に駆けこんできた時のことを思いだして、ジョナスは口元《くちもと》がゆるんだ。例によって遅刻《ちこく》してきたアッシャーは、息せき切って朝の斉唱《せいしょう》の最中《さいちゅう》に入ってきた。コミュニティを称《たた》える言葉を唱《とな》え終わって、みなは着席したが、アッシャーは規則どおり、起立したまま公式謝罪《こうしきしゃざい》をさせられた。

「申しわけありません、教室のみなさんにご迷惑《めいわく》をおかけしました」

アッシャーはまだ息をはずませながら、決められた謝罪のフレーズを一気《いっき》に言った。〈教官《きょうかん》〉をはじめ、教室中がしんぼうづよく釈明《しゃくめい》の言葉を待っていた。やがて生徒たちはニヤニヤしはじめた。アッシャーの弁解《べんかい》を聞くのは、もう何度めかわからないほどだったからだ。

「いつもどおりの時間に出たんです。でも、養殖場《ようしょくじょう》の近くまで来たら、係員《かかりいん》の人たちが鮭《さけ》を解体《かいたい》してたんですよ。錯乱《さくらん》しちゃったんだと思います、それを眺《なが》めていて」

みなさんにおわびします、としめくくると、アッシャーはしわくちゃの上着を手で伸ばし、着席した。

「謝罪をうけいれます、アッシャー」

全員でいっせいに決められた答えを返したが、多くの生徒は笑いをかみ殺していた。

「きみの謝罪をうけいれよう、アッシャー」と〈教官〉も言った。顔が笑っていた。

「それに、ありがとう。きみのおかげでまた言葉のレッスンができたからね。鮭を見たぐらいのことで『錯乱した』というのは、言葉として強すぎるよ」

〈教官〉はそう言って後《うし》ろを向くと、黒板に「錯乱した」と書いた。そしてその横に「気をとられた」とつけくわえた。

家の近くでことの次第《しだい》をすべて思いだし、ジョナスはクスッと笑った。そしてまだ考えつづけていた。玄関わきの狭《せま》い駐輪場《ちゅうりんじょう》に自転車を入れながら、やっぱり「怖い」じゃだめなんだ、とはっきり思った。一二月がまぢかに迫ったこの気持ちを表すのに、それでは「言葉として強すぎる」のだ。

ぼくは長い間、この特別な一二月を心待ちにしてきた。それがようやく近づいてきて、怖がっているわけじゃない……そう、「待ちきれない」んだ。ずっと待ち望《のぞ》んでいた、そして今、まちがいなくワクワクしている。〈一一歳〉の子は全員、もうすぐ行われるイベントに胸《むね》をおどらせているはずだ。

でも、その時何が起きるかを想像すると、緊張《きんちょう》で少し体が震えた。気がかりだ。ジョナスは確信した。それが今のぼくの気持ちだ。

「今夜の感情共有《きょうゆう》、誰からだい？」夕食が終わると、父がきいた。

夜、その日に感じたことについて話す感情共有は、大事な日課《にっか》の一つだった。ときおりジョナスと妹のリリーは、どちらが先に話すかで争《あらそ》った。父と母ももちろんこの日課に参加し、毎晩《まいばん》、その日抱《いだ》いた感情について話した。けれど、ほかの家の親と——すべての大人と——同じように、二人とも話す順番について言い争ったり、言いくるめようとしたりはしなかった。

ジョナスも、今夜は話す順番についてあれこれ言うような気分ではなかった。とても複雑《ふくざつ》な気持ちで、それを家族にも分かちあってほしいとは思った。しかし、たとえ両親が手助けしてくれることがわかっていても、自分の複雑な思いを詳《くわ》しく調べる作業にとりかかるのがおっくうだった。

「話していいよ、リリー」父は、ずっと幼《おさな》い、まだ〈七歳〉の妹が、待ちきれずに椅子《いす》の上で体を揺《ゆ》すっているのを見て言った。

「あたし今日の午後、とってもあたまにきたの」リリーは憤然《ふんぜん》として話しはじめた。

「あたしのグループは遊び場にいたのね。そしたら、よその〈七歳〉のグループが来たのよ。それでその子たちったら、ぜんっぜん規則を守らないのよ。そいつらのうちの一人なんか——男の子よ、名前は知らないけど——いっつもすべり台の順番にわりこむの、みんな待ってるのによ。あたしすっごくあたまにきたわ。だからげんこつつくってやったの、こうやって」

リリーが握《にぎ》りこぶしを振りあげたのを見て、家族はそのかわいらしい戦闘態勢《せんとうたいせい》にほほえんだ。

「どうしてその子たちは規則を守らなかったのかしら?」母が言った。

リリーはしばらく考えて首を振《ふ》った。「わかんない。あの子たち、まるで…まるで…」

「ドウブツみたいだった?」ジョナスは助《たす》け船《ぶね》を出すと笑った。

「そうよ」リリーも笑って言った。「ドウブツみたいだったわ」

二人とも、その言葉の意味を正確には理解していなかった。でも、教養《きょうよう》のない人や要領《ようりょう》の悪い人、うまく適応《てきおう》できていない人のことを表すのによく使われていたのだ。

「その子たちはどこから来たんだい?」父がきいた。

リリーは眉《まゆ》を寄《よ》せ、思いだそうとした。

「リーダーが言ってたかも、歓迎《かんげい》の言葉のときに。でもおぼえてない、あんまりちゃんときいてなかったから。よそのコミュニティのひとたちよ。すぐ帰ったし、お昼はバスの中で食べるって言ってたわ」

母がうなずいた。「じゃあその子たちは、規則がちがっていたのかもしれないわね。あなたたちの遊び場の規則を知らなかっただけなんじゃない？」

リリーは肩《かた》をすくめてうなずいた。「そうかもね」

「おまえも、よそのコミュニティに行ったことがあるだろう？　ぼくたちも時々行くぜ」とジョナスは言った。

リリーはまたうなずいた。

「〈六歳〉のときに行ったわよ。よそのコミュニティへ行って、一日ずっと、そこの〈六歳〉の子たちといっしょに勉強したわ」

「その時、おまえはどう感じたの？」

リリーはしかめっ面《つら》で答えた。

「変な感じだった。だって、やりかたがちがうんだもの。あたしたちが習《なら》ってない言葉の使いかたを勉強してたの。だから、自分たちがばかみたいに思えちゃった」

父は興味《きょうみ》深そうに聞いていたが、やがて言った。

「お父さん、規則を守らなかったその男の子のことを考えていたんだけどね、リリー。こうは考えられないかい？　その子も、変な感じがして、自分がばかみたいだって思ってたんじゃないか、って。知らない場所に来て、知らない規則に囲《かこ》まれてさ」

リリーはじっと考えこんでから答えた。「そうね」

ジョナスも言った。

「なんか、かわいそうだよね。その子のことぜんぜん知らないけどさ。誰だって、どこかへ行って、変な感じがしたり、自分がばかみたいだって思うのはつらいことだよ」

「どうだい？　リリー。まだあたまにくるかい？」父がたずねた。

「そんなことないわ」とリリーは結論を出した。そして「あたしも、ちょっとかわいそうだって思う。げんこつなんかつくって悪かったわ」と言うと、はにかむように笑った。

ジョナスも妹にほほえみかけた。リリーはいつでも率直《そっちょく》で、かなり単純なほうだから、たいていはすぐ解決するのだった。ぼくも〈七歳〉のころはそうだったな、とジョナスは思い起こした。

続いてジョナスは、行儀《ぎょうぎ》よく、でも少しうわの空《そら》で、その日仕事で生《しょう》じた心配事《しんぱいごと》について感じたことを語る父の話を聞いていた。ニュー・チャイルドの一人がうまくいっていないという。父の仕事は〈養育係《よういくがかり》〉である。人生のスタートを切ったばかりのニュー・チャイルドを、体と心の両面からケアする仕事だ。とても大切な任務《にんむ》であることは知っていたが、ジョナスはこの仕事にそれほど興味をもてずにいた。

「男の子？　女の子？」リリーがきいた。

「男の子だよ。とってもかわいらしい、性格のいい子さ。でも、発育《はついく》が遅《おそ》くてね。夜はぐっすり眠ってくれないんだ。特別ケア室に入れて補強看護《ほきょうかんご》をしているんだけど、委員会は解放を考えはじめてる」

「まあ、そんな！」母がいたましそうにつぶやいた。

「わかるわ、あなたがどれほど胸を痛《いた》めてるか」

ジョナスとリリーもいたましそうにうなずいた。ニュー・チャイルドの解放は悲しむべきことだ。まだコミュニティの生活を楽しむことすら知らず、悪いことをしたわけでもないのだから。

罰でない解放のケースは二つしかなかった。一つは歳《とし》をとった人の解放で、人生をまっとうしたことへの祝福《しゅくふく》として行われる。もう一つがニュー・チャイルドの解放で、こちらはいつでも「何とかできたのではないか」という気持ちがつきまとう。これはとりわけ父たち〈養育係〉の永遠の悩《なや》みで、実行すれば必ず敗北感《はいぼくかん》にさいなまれるのだった。といっても、ニュー・チャイルドの解放はめったになかったのだが。

「まあ、やってみるさ。委員会にかけあって、夜だけうちであずからせてもらうとかね。かまわないかな？　知ってるだろう、夜勤《やきん》の〈養育係〉がどういう人たちか。このおちびさんには、特別なケアが必要なんだ」

「もちろんよ」と母が言い、ジョナスとリリーも請《う》けあった。父が夜勤の人たちについてぐちをこぼすのは前にも聞いたことがあった。夜勤の養育は地位《ちい》の低い仕事とされていて、日中のもっと重要な仕事に必要とされる熱意《ねつい》や技能《ぎのう》、見識《けんしき》といったものをもたない人に割りあてられた。夜勤に就《つ》く人たちのほとんどは、配偶者《はいぐうしゃ》を得ることもできずにいた。どこかしら、他人とかかわるうえでの大切な能力、つまりは家族ユニットをきずくのに必要な能力が欠けているからだった。

「うちの子になればいいんじゃない?」

リリーがかわいらしい声で、無邪気《むじゃき》なふうを装《よそお》って提案《ていあん》した。それがお芝居《しばい》であることは、ジョナスだけでなく家族全員が知っていた。

「リリー、規則は知ってるでしょ」母が笑いながらたしなめた。子どもは一つの家族ユニットに二人、かつ一男一女であること。規則にははっきりとそう書かれていた。

リリーはいたずらっぽく笑った。

「だって、こんどだけはだいじょうぶかなって思ったのよ」

次は母が感じたことを話す番だった。母は〈司法局《しほうきょく》〉の重要なポストに就いている。今日、一人の再犯者《さいはんしゃ》が母の前に連れてこられた。彼が前に規則違反《いはん》を犯《おか》した時、母はしかるべき罰が与えられることを望んだ。その後、彼は元の仕事と住まいをとりもどし、家族ユニットに復帰《ふっき》したのだった。それなのに、その人物が再び舞《ま》いもどってきたのだ。母はひどい失意《しつい》と怒《いか》りにうちのめされた。彼の人生を変えられなかったことに罪悪感《ざいあくかん》すら覚《おぼ》えた。

「あのひとの将来を考えたら怖くなったわ」母は気持ちを明《あ》かした。

「だって、三度目はないのよ。規則では、三度目の違反はただちに解放、とされているわ」

母の言葉にジョナスは体を震わせた。彼は実例を知っていた。〈一一歳〉のジョナスのグループにも、何年か前に父親が解放された少年がいたのである。その後、誰もそのことに触《ふ》れなかった。解放されるということは、口にできないほどの不名誉《ふめいよ》であり、想像すらしにくいことなのだ。

リリーが席を立って母のところへ行き、その腕《うで》をさすった。父も座ったまま腕を伸ばすと、母の手をとった。ジョナスがもう一方の手を握った。

家族は口々《くちぐち》に母をなぐさめた。すぐに笑顔になった母は、「ありがとう、気持ちが落ちついたわ」と小さな声で言った。

日課は続いていた。父が言った。「さあジョナス、今夜はきみが最後だ」

ジョナスはためいきをついた。今夜は気持ちを隠《かく》しておきたいとさえ思った。だがもちろん、それは規則に反することだった。

「気がかりなんだ」ジョナスはやっとうちあけた。気持ちにぴったりくる言葉を探しだせたことがうれしかった。

「何がだい？」父が気づかわしげにきいた。

「心配することなんか何もないって、わかってるんだけど」ジョナスは自分の気持ちを説明しはじめた。

「大人のひとが、みんな経験してきたんだってこともね。お父さんだってそうでしょう？　お母さんだって。でも、ぼくが気がかりなのは、〈儀式《ぎしき》〉のことなんだ。もうすぐ一二月でしょう」

リリーは顔を上げ、目を大きく見開《みひら》くと、おそれおおいというような声でささやいた。

「〈一二歳の儀式〉ね」

どんなに幼い子でも――リリーや、もっと小さい子たちも――、それが自分たちの将来に待ちうけているものだということを知っていた。

「気持ちを話してくれてうれしいよ」父が言った。

「リリー」母がちっちゃな娘を手招《てまね》きして言った。

「お部屋に行って、パジャマに着がえなさい。お父さんとお母さんはここで、お兄ちゃんと少しお話があるから」

リリーはためいきをついたが、おとなしく椅子から降《お》りた。「ひみつのお話なのね？」

母はうなずいた。「そうよ。ジョナスだけにお話することなの」

2

父はコーヒーをもう一杯カップに注《つ》いでいた。ジョナスは待った。

ようやく父が口を開いた。

「お父さんもな、毎年一二月はワクワクしたものさ、子どものころはね。きみにとっても、それからリリーにとってもきっとそうなんだろうね。一二月は変化の季節なんだ」

ジョナスはうなずいた。一二月のことは覚えている、そう、たぶん四つのころから。それより小さい時のことはもう思いだせない。だがその後は毎年観察《かんさつ》を怠《おこた》らなかったし、リリーの幼いころの一二月のことはあざやかに思いだすことができた。ちゃんと覚えている。うちの家族がリリーを授《さず》かって、彼女に名前がつけられた日のこと、そして〈一歳〉になった日のことを。

〈一歳の儀式〉は、いつでも騒《さわ》がしいお祭りだった。一二月になると、前年に生まれたすべてのニュー・チャイルドが〈一歳〉になるのだった。新生児たちは一人ずつ——各年齢のグループには、誰も解放されなければつねに五〇人の子どもがいた——、誕生《たんじょう》の時から世話《せわ》をしてきた〈養育係〉の手で、〈儀式〉のステージに上げられた。おぼつかない足どりながらすでに歩ける子もいるし、まだ生後《せいご》数日で、毛布《もうふ》にくるまれて〈養育係〉の腕に抱かれている子もいた。

「〈命名《めいめい》〉は楽しいよね」ジョナスは言った。

母が、そうね、と言ってほほえんだ。

「リリーを授かった年ね、もちろんあらかじめわかってはいたのよ、女の子だって。申請《しんせい》が通っていたんですもの。でもお母さんね、どんな名前になるのか、気になって気になってしかたなかったの」

すると、父が秘密《ひみつ》をうちあけた。

「その気になれば、儀式の前にリストをこっそり見ることができたんだけれどね。委員会はいつも前もってリストを作成するんだが、そのリストは〈養育センター〉の事務所に保管されているんだ」

ひと息おいて父は続けた。

「実はね。少し後ろめたいんだが、今日の午後、行ってみたんだ。今年の〈命名〉リストがもうできているかどうか、確かめたのさ。リストはたしかに事務所にあった。それで〈三六番〉、つまり私が気にしている子の番号を調べたんだ。というのはね、思いついたんだよ。あの子を名前で呼んであげることができれば、もっといいケアができるんじゃないかって。呼ぶといってもこっそりとだよ、もちろん。まわりに誰もいない時にね」

「わかったの？」ジョナスはきいた。興味津々《きょうみしんしん》だった。さほど重大な規則ではないのかもしれない。しかしともかくも父がそれを破《やぶ》ったことが、ジョナスをおののかせたのだった。ジョナスは母のほうをちらっと見た。母は規則の厳守《げんしゅ》について責任のある立場にいるのだ。だがその顔が笑顔だったのでほっとした。

父はうなずいて続けた。

「あの子の名前はね——〈命名〉まで解放されずにすめばの話だよ、もちろん——『ゲイブリエル』となっていた。だから、あの子の耳もとでその名前をささやくようにしてるんだ。四時間ごとの食事の時も、運動の時間も、遊びの時間も。誰も聞いていなければね。実際呼ぶ時は、ゲイブって言うんだけどね」父はそう言ってにっこり笑った。

「ゲイブ」ジョナスは口に出してみた。いい名前だ、まちがいなく。

一家がリリーを得て名前を知らされた時、ジョナスはまだ〈五歳〉だった。けれどもその時の家族の興奮《こうふん》は覚えていた。そのころ、家での会話は彼女のことでもちきりだった。どんな容姿《ようし》だろう、どんな性格だろう、すでにできあがっている家族ユニットにどうしたらなじんでくれるだろう。両親とともにステージへの階段を登った時のことを思いだした。その年、父は自分のニュー・チャイルドを与えられる年だったので、〈養育係〉たちといっしょではなく、ジョナスの隣《となり》にいた。

母がわが家のニュー・チャイルド、つまりジョナスの妹を腕に受けとった時の様子が脳裏《のうり》によみがえった。会場では集まった家族ユニットに向けて、文書が読みあげられていった。

〈命名者〉の声が響《ひび》いた。「ニュー・チャイルド〈二三番〉、リリー」

父の歓喜《かんき》の表情が思いだされた。父はささやいた。「私が大好きだった子の一人だよ。あの子だったらいいなとずっと思っていたんだ」

観衆《かんしゅう》は拍手《はくしゅ》し、ジョナスはにっこり笑った。リリーという名前が気に入った。妹はかろうじて目を開けているといったふうで、小さなこぶしを動かしていた。そうして家族はステージを降《お》り、次の家族ユニットに場所を譲《ゆず》った。

父がまた語りはじめた。

「私も、今のきみと同じ〈一一歳〉の時は、〈一二歳の儀式〉が待ちきれなくてじりじりしていたよ。長い二日間だった。〈一歳の儀式〉はいつもどおり楽しんだが、ほかの年齢の儀式のことは、あまり気にかけていなかった。妹のは別だよ。妹はこの年、〈九歳〉になって自転車を手に入れた。でももう私は、自分ので彼女に乗りかたを教えていたけれどね。表向きはいけないことになっているが」

ジョナスは笑った。それは、さほど重大とはみなされていない数少ない規則の一つで、しょっちゅう破られていた。子どもは〈九歳〉になって正式に贈《おく》られるまでは、自転車に乗ってはいけないことになっていた。しかしほとんどの家ではその前に、兄や姉が弟や妹にこっそり乗りかたを教えていた。ジョナスも、そろそろリリーに教えようと思っていたところだった。

規則を改正《かいせい》して、もっと早い時期に自転車を与えるようにしてはどうか、という話がもちあがったことがある。ある委員会がいまだにこの議案《ぎあん》を検討《けんとう》していた。こんなふうに何かの議案について委員会の検討が始まると、人々は決まって冗談を言いあった。改正が承認《しょうにん》されるころには、委員会のメンバーは〈長老《ちょうろう》〉になっているだろう、というのだ。

規則の改正は容易《ようい》ではなかった。非常に重要な規則——自転車の取得《しゅとく》年齢といったようなものとはちがうたぐいの——である場合は、決断は最終的に〈記憶の器《レシーヴァー》〉に委《ゆだ》ねられた。〈レシーヴァー〉は〈長老〉の中でも最も重要な人物だった。ジョナスは会ったことすらなかった。知っていることといえば、このような要職《ようしょく》に就いている人は、一人で暮《く》らし、仕事も単独《たんどく》でしているということだけだった。だが、委員会は決して自転車に関する問題などで〈レシーヴァー〉をわずらわせたりはせず、ひたすら自分たちだけで何年にもわたって悩み、議論しつづけた。しまいには市民は、委員会に検討してもらっていたことを忘れてしまうのだった。

父の話は続いた。

「そうして私は、妹のカーチャが〈九歳〉になり、髪《かみ》のリボンをはずし、自転車をもらうのを見《み》届《とど》け、声援《せいえん》を送った。けれど、続く〈一〇歳〉と〈一一歳〉の儀式では、もううわの空だったよ。

そしてとうとう、二日目の終わりがやってきた。まるでその日が永遠に終わらないような気がしていたんだがね。私の番が来たんだ、〈一二歳の儀式〉のね」

ジョナスは身震《みぶる》いした。幼い父の姿を心に思い浮かべた。今も内気でもの静かな人なのだから、きっと内気でもの静かな少年だったにちがいない。同じグループの子たちといっしょに座り、ステージ上に呼ばれるのを待っている父。〈一二歳の儀式〉は、〈儀式〉全体の最後に行われる最も重要なものだった。

「よく覚えているよ、父と母がどんなに誇《ほこ》らしげだったか――それに妹もね。自転車をおおっぴらに乗り回しに行きたくてうずうずするのをこらえて、私の番が来るのをおとなしく待っていた。ともかく、正直言うとね、ジョナス。私の場合は、〈儀式〉についてきみが抱いているような不安要素《ようそ》はなかったんだ。その時にはもう、自分の〈任命《にんめい》〉がどうなるかについて、かなり確信をもっていたからね」

ジョナスは驚《おどろ》いた。そんなはずはない。前もって知ることは絶対にできないはずだ。それは極秘《ごくひ》に行われる選抜《せんばつ》だった。コミュニティの指導者たちと〈長老委員会〉はこの選抜の責任をきわめて重大なものとみなしており、〈任命〉については冗談がかわされることさえありえなかった。

母も驚いたようで、父にたずねた。「どうやって知ったの？」

父はおだやかにほほえんだ。

「いや、最初からわかってたのさ、自分の適性《てきせい》についてね。私の両親も後でうちあけてくれたが、二人もやっぱりわかっていたそうだ。私の関心は、いつでもニュー・チャイルドに向いていた。ほかの何よりもね。同じ年齢のグループの子たちが、自転車のレースをしたり、模型《もけい》の乗り物や橋を作ったり、それに――」

「ぼくだってみんなとやってるよ」とジョナスが口をはさむと、母もうなずいた。

「もちろん、お父さんもいつだって加わったさ。子どもはそういう遊びを経験しなきゃならないからね。学校では一生懸命《いっしょうけんめい》に勉強もした、きみと同じようにね。だが一度ならず、気がつけば自由時間になるとニュー・チャイルドたちに吸いよせられていた。奉仕《ほうし》活動の時間はほとんど〈養育センター〉で過ごした。当然〈長老〉たちは、観察を通してそれを知っていたよ」

ジョナスはうなずいた。去年はずっと、観察の目が強まっているのに気づいていた。学校でも、レクリエーションの時も、奉仕活動の時間も、〈長老〉たちはジョナスを含《ふく》む〈一一歳〉の子たちをじっと見つめていた。ジョナスはかれらが記録をとっているのも見たし、ジョナスら〈一一歳〉の子どもたちを学校で受けもったすべての教官と、長い時間をかけて面談《めんだん》しているのも知っていた。

「だから私は、予期《よき》してもいたし、うれしかった。〈任命〉で〈養育係〉と告げられて、驚きはまったくなかったよ」と父は言った。

「みんな拍手したの？　驚かなかったのに？」

「もちろんさ。誰もが喜んでくれたよ。お父さんが一番望んでいた〈任命〉だったんだからね。自分はとてもラッキーだと思った」父はほほえんだ。

「その年、〈一一歳〉の子で、がっかりした子はいなかったの？」ジョナスはたずねた。

父とはちがい、ジョナスは自分の〈任命〉がどうなるのか予想できずにいた。しかし、もし告げられたら失望《しつぼう》するだろうと思う仕事はあった。父の仕事を尊敬《そんけい》はしていたが、〈養育係〉にはなりたくなかった。そのほか、〈労働者《ろうどうしゃ》〉の仕事はまったくいいと思わなかった。

父は考えてから言った。

「いや、いなかったと思うよ。〈長老〉たちはじつに注意深く観察し、選抜するからね」

「たぶん、コミュニティにとって一番大切な仕事ね」母が言葉を添《そ》えた。

父は続けた。

「友だちのヨシコはね、〈医師〉を命じられて驚いていたよ。でも、すごくはりきっていた。それにほら、アンドレイさ。彼は子どものころ運動がきらいで、レクリエーションの時間はずっと模型で遊んでいた。奉仕の時間はいつも建設現場にいたんだ。〈長老〉たちは当然それを知っていて、アンドレイを〈技師《ぎし》〉に任命した。彼はそれをとても喜んでいた」

「アンドレイは大人になって橋を設計したのよ。それで川を越えて街の西側に渡れるようになったの。私たちが子どものころには、あの橋はなかったのよ」母が言った。

父はジョナスを安心させようとして言った。

「がっかりするようなことはめったにないよ、ジョナス。きみは何も心配する必要はないと思う。かりに失望するようなことがあったとしても、異議《いぎ》を申し立てることだってできるんだし」

しかし、三人ともすぐに笑いだした――異議申し立ては委員会の検討に付《ふ》されて終わりなのだから。

ジョナスはうちあけた。

「ぼく、アッシャーのことがちょっと心配なんだ。アッシャーはおもしろいやつだよ。でも、まじめなことを全然考えてないんだ。あいつにかかると何でも冗談になっちゃうんだから」

父はクスッと笑った。

「いいかい、ジョナス。父さんはアッシャーのことをよく覚えているよ。ニュー・チャイルドで〈養育センター〉にいて、まだ名づけられていなかったころのことだ。彼は決して泣かなかった。何を見てもよく笑った。スタッフはみんな彼の世話をするのが楽しかったよ」

母も言った。

「〈長老〉の方々はアッシャーのことをよくご存《ぞん》じよ。きっと彼にぴったりの〈任命〉をしてくださるわ。あなたがアッシャーを心配する必要はないのよ。

でもね、ジョナス。ひとつ言いたいことがあるの。たぶんあなたがまだ気づいていないことよ。私自身、〈一二歳の儀式〉が終わるまでちゃんと考えたことがなかったのだけれど」

「なあに？」

「あのね、あなたも知ってるでしょうけれど、〈儀式〉の最後のことよ。〈一二歳〉になったら、もう年齢は重要ではなくなるの。ほとんどの人は時がたつにつれて、自分が何歳かさえわからなくなるわ。〈公開文書館《こうかいぶんしょかん》〉には記録が残されているから、自分の年齢を調べたいと思えばすぐわかるけれどね。大切なのは、成人後《せいじんご》の人生に備《そな》えること、そして〈任命〉の時に与えられる訓練なのよ」

「わかってるよ」ジョナスは答えた。「誰だって知ってることじゃないか」

しかし、母は続けた。

「いいえ、それだけじゃないの。これは、あなたが新しいグループに移るってことでもあるの。お友だちも全員よ。もう〈一一歳〉のグループと過ごすことはないの。〈一二歳の儀式〉を終えたら、〈任命〉のグループに入って、かれらとともに訓練をするのよ。奉仕活動やレクリエーションの時間はなくなるわ。だから、今のお友だちとはお別れすることになるのよ」

ジョナスは首を振り、きっぱりと言った。

「アッシャーとぼくは、ずっとずっと友だちだよ。学校だってまだ続くじゃないか」

「そうだね」父が同意《どうい》した。

「けれど、お母さんが言っていることも本当なんだ。変化が訪れるんだよ」

母がつけくわえた。

「そして、つらいことがあっても、それはよい変化なの。お母さんも〈一二歳の儀式〉の後、はじめは子どものころのように遊べなくなってつまらなかったわ。でも、〈法《ほう》と正義《せいぎ》〉の訓練に入って、関心を共有する人たちといっしょに過ごせるようになった。それまでとはちがうレベルで友人を作ることができたの。あらゆる年齢の友人よ」

「〈一二歳〉になってからも遊ぶことはあった?」

「時々はね。でも、もうそんなに大切なこととは感じなかったわ」

父が笑いながら言った。

「私は遊んでいたよ。いまだに遊んでいるしね。毎日〈養育センター〉で、『おひざで高い高い』や『いないいないばあ』、それに『くまさんだっこ』なんかをしてね」

そして父は手を伸ばし、ジョナスのきれいに整《ととの》えられた髪をなでながら言った。

「楽しいことに終わりはないさ。〈一二歳〉になってもね」

リリーが部屋に入ってきた。パジャマ姿でドアのところに立ち、じれったそうにためいきをついてみせた。

「いったいいつ終わるのよ、ひみつのお話は。安眠《あんみん》アイテムを待ってる人だっているんですよ」

母が優しく言った。

「リリー、もうすぐ〈八歳〉でしょう。〈八歳〉になったら、安眠アイテムはとりあげられてしまうのよ。リサイクルして小さな子にあげることになるの。そろそろ安眠アイテムがなくても寝《ね》られるようにしなきゃいけないわ」

しかし父がすでに棚《たな》のところへ行き、置いてあったゾウのぬいぐるみを下《お》ろしていた。安眠アイテムの多くは、リリーのそれと同じように、やわらかく作られた想像上の生きもののぬいぐるみだった。ジョナスのは「クマ」と呼ばれていた。

「ほら、これだろ、リリー＝ビリー。お父さんが髪のリボンをとるのを手伝ってあげる」

ジョナスと母は、父の甘さにあきれながらも、寝室《しんしつ》に向かう二人を愛情をこめたまなざしで見送った。あのぬいぐるみのゾウは、リリーが生まれた時から安眠アイテムとして彼女と過ごしてきたのだった。

母は自分の大きな机《つくえ》に向かい、書類《しょるい》かばんを開けた。母の仕事はつきることがないようで、夜、家にいてさえ仕事をしていた。ジョナスも自分の机に向かい、学校のプリントの中から今夜の宿題を出そうとした。しかし、心はまぢかに迫った〈一二月の儀式〉のことを離れなかった。

両親と話したことで多少は安心したものの、あいかわらず何も予測《よそく》できなかった。〈長老〉たちは、ぼくの将来のためにどのような〈任命〉をしようとしているのだろう。そしてその日がやってきた時、ぼくはそれをどう受けとめるのだろう。

3

「まあ、見て！」リリーがうれしそうに叫《さけ》んだ。「かわいくない？　なんてちっちゃいんでしょう！　それにおかしな目をしてるわ、お兄ちゃんみたいよ！」

ジョナスは妹をにらんだ。そんなふうに目のことを言われるのがいやだった。父が妹を叱ってくれればと思ったが、父は自転車の荷台《にだい》にくくりつけた籠《かご》をはずすのに忙しかった。ジョナスも行って籠をのぞきこんでみた。

最初に注意を引いたのは、籠の中からまじまじとこちらを見あげるニュー・チャイルドの目だった。それは明るい瞳《ひとみ》だった。

コミュニティのほとんどの市民は、暗い瞳をしていた。両親もリリーも、ジョナスのグループのメンバーや友人もみなそうだった。しかし少数の例外がいた。ジョナス自身と、〈五歳〉のある女の子だ。ジョナスはある時、その子のちがいに気づいた。彼女もやはり明るい瞳をしていた。コミュニティでは、誰もこうしたことに触れようとはしなかった。規則で定められていたわけではないが、ある個人について、動揺《どうよう》させるようなことや人とちがう点を指摘《してき》して周囲《しゅうい》の注意を引く言動《げんどう》は、不作法《ぶさほう》なふるまいとみなされていた。

　リリーのやつ、そろそろわからなくちゃいけないな、とジョナスは思った。そうしないと、無神経なおしゃべりで処罰《しょばつ》されてしまう。

　父は自転車を駐輪場に入れると、籠を持ちあげて家に運び入れた。リリーは父の後に続きながら、肩ごしに兄をちらっと見てからかった。

「もしかしてあの子、〈出産母《しゅっさんぼ》〉がお兄ちゃんと同じなんじゃないの」

　ジョナスは肩をすくめた。父とリリーについて家に入る。ニュー・チャイルドの瞳を見たことで気持ちが乱《みだ》れていた。鏡《かがみ》は、コミュニティにはめったになかった。禁じられているわけではなかったが、実際に必要がなかった。ジョナスも、気づいたらそばに鏡があったという時ですら、自分自身の姿を何度も見ようなどという気はまったく起きなかった。

　今、ニュー・チャイルドに会い、その表情を見てジョナスは気づいた。明るい瞳は、たんにめずらしいというだけじゃない。その持《も》ち主《ぬし》にある特別な表情を与えるのだ——どんな？　深みだ、と彼は確信した。まるで、川の澄《す》んだ水に見入っていると、深い水底《みなぞこ》に、まだ発見されていない何かがひそんでいるのではないかと感じる時のような。ジョナスは自分のことが気になりだした。ぼくもそんな表情をしているのだろうか。

ジョナスは机に向かい、ニュー・チャイルドになど興味はないといったふうを装った。部屋の反対側では、母とリリーが腰《こし》をかがめて、父がその子のくるまっている毛布をはぐのを見ていた。

「この子の安眠アイテムは何ていうの？」リリーが、籠の中でニュー・チャイルドの横に置かれているぬいぐるみをとりあげ、父にたずねた。

父はそれをちらっと見て言った。「カバ《ヒポー》だよ」

リリーは父が口にした奇妙《きみょう》な言葉にクスッと笑った。「ヒポー」とくりかえすと、安眠アイテムを元の場所に置き、毛布から姿を現したニュー・チャイルドをじっと見つめた。赤ん坊は手を振っていた。

「ニュー・チャイルドって、とってもかわいいわね」リリーはためいきをついて言った。

「あたし、〈出産母〉に任命されたらいいなあ」

「リリー！」母が鋭《するど》くたしなめた。

「そんなこと言ってはいけません。この〈任命〉はね、敬意《けいい》を払《はら》われることがとても少ないのよ」

「だって、ナターシャにきいたんだもん。ほら、角《かど》の家に住んでる〈一〇歳〉の子よ。あの子、奉仕の時間にときどき〈出産センター〉に行ってるの。それできいたんだけど、〈出産母〉ってごちそう食べられるし、しばらくの間すごく軽い運動をするだけで、たいがいはゲームとかして遊んで待ってればいいんだって。いいなあって思ったの」と、リリーはふてくされて言った。

「三年の間だけね」母はきっぱりと告げた。

「三回出産して、それで終わりなの。その後は〈老年の家〉に入る日までずっと、〈労働者〉として人生を送るの。そんなふうになりたいの？　リリー。三年間の無気力《むきりょく》な日々、そうしてその後はずっと、老人になるまで、つらい肉体労働が続くのよ」

「えっと、ううん、そんなことないわ」リリーはしぶしぶ言った。

父は籠の中のニュー・チャイルドをうつぶせに寝かせ、その横に座ると、赤ん坊の小さな背中をリズミカルにさすった。そして優しく言った。

「何よりもね、リリー＝ビリー。〈出産母〉はニュー・チャイルドに会うことすらできないんだ。小さな子がそんなに好きなら、お父さんは〈養育係〉のほうがいいと思うなあ」

「〈八歳〉になったら奉仕の時間があるから、〈養育センター〉へ行ってみたら？」母が勧《すす》めた。

「うん、そうするわ」リリーはそう言って、籠の横にひざまずいた。

「この子の名前、何だったかしら？　ゲイブリエル？　こんにちは、ゲイブリエル」リリーは抑《よく》揚《よう》のない声で呼びかけたが、すぐにクスクス笑いだし、ささやき声で言った。

「あら、いけない。寝てるのにね。静かにしなきゃ」

ジョナスは机に広げた宿題に戻った。できるものなら、と心の中で言った。リリーが静かにしていたためしなど一度もない。たぶん妹が〈任命〉で望むべきなのは〈告知者《こくちしゃ》〉だ。そうすれば、日がなオフィスに座ってマイクに向かい、アナウンスをしていればいい。妹がもったいぶった声で単調《たんちょう》にしゃべりつづける様子を思い浮かべ、ジョナスはひとり笑いをもらした。そうした声はあらゆる〈告知者〉が習得《しゅうとく》するものらしく、たとえばその声でこんなふうに話すのだ。

「**告知シマス。〈九歳〉以下ノ女子ヘノ注意事項。髪ノりぼんハ、ツネニキチント結ブベシ**」

ジョナスはリリーのほうを見て、そらみろと思った。リリーの髪のリボンはいつもと同じように、ほどけてぶらさがっていた。まさしく今想像したようなアナウンスが、まもなく流れるにちがいない。それは主《おも》にリリーに向けられたものだ。もちろん妹の名は明かされない。しかし、誰のことなのかは全員にわかってしまうのだ。

あの時も、みんなわかっていたんだ。ジョナスは屈辱《くつじょく》的な気持ちとともに思いだした。そのアナウンスはこうだった。

「**告知シマス。〈一一歳〉ノ男子ヘノ注意事項。れくりえーしょん区域《クイキ》ノモノヲ持チダスコトハ、禁ジラレテイマス。オヤツハソノ場デ食ベルコト。家ニ持チ帰ルベカラズ**」

これは、明らかにジョナスに向けられた注意だった。先月のある日、リンゴを家に持って帰った時のことである。アナウンスの後、誰もそのことに触れなかった。両親でさえ黙っていた。公式のアナウンスがされただけで、当人に猛省《もうせい》をうながすのには十分だったからだ。ジョナスはもちろんリンゴを捨て、翌朝の始業時間前に〈レクリエーション監《かん》〉に謝罪した。

あの出来事についてもう一度考えてみた。まだとまどいの気持ちが消えていない。アナウンスされたから、あるいは謝罪しなければならなかったからではない。それらは決められた手続きなのだし、自業自得《じごうじとく》だとも思っていた。しかし、出来事そのものが不可解《ふかかい》だったのである。たぶんそのとまどいの気持ちを、あの日の夜、家族ユニットでの感情共有のさいに話せばよかったのだろう。けれどその時は、考えを整理してとまどいの原因を言葉で表すことができず、そのままやりすごしてしまった。

その出来事はレクリエーションの時間に起きた。ジョナスはアッシャーと遊んでいた。なにげなくおやつの籠からリンゴをとりあげ、親友に投げた。アッシャーが投げかえし、キャッチボールが始まった。

何も変わったことはなかった。数えきれないほどくりかえしてきた遊びだ。投げる、キャッチする、投げる、キャッチする。ジョナスにとってはやさしい遊びで、退屈《たいくつ》でさえあったが、アッシャーは楽しそうだった。アッシャーは手と視覚《しかく》の連動《れんどう》の能力が標準に達していないため、それを養《やしな》うのに役立つだろうというので、キャッチボールを課題として与えられていた。

ところが、突然ジョナスは気づいた。宙《ちゅう》に投げられたリンゴの軌道《きどう》を目で追っていたら、この果物《くだもの》の一部が――この「一部」というのが、自分でもよくわからないところなのだが――、リンゴが変化したのだ。一瞬のことだった。空中で変化したのを覚えている。手の中に戻ってきたのを注意深く観察したが、ただのリンゴだった。変化が消えていた。さっきと同じ大きさ、同じ形、まんまるの球体《きゅうたい》。何の変哲《へんてつ》もない、自分の着ている上着と似たようなありふれた陰影《いんえい》。リンゴには特別なことは何も起きていなかった。ジョナスは左右の手で交互《こうご》にリンゴを行ったり来たりさせてみてから、またアッシャーに投げた。すると再び――空中で、ほんの一瞬だが――リンゴが変化した。

変化は四回起きた。ジョナスはまばたきをし、あたりを見回した。自分の視力《しりょく》に問題がないか確かめた。目を細めて、上着に留《と》められた名札バッジの小さな字を読む。自分の名前が完全に、はっきりと読めた。キャッチボール・エリアの反対側にいるアッシャーの姿も明瞭《めいりょう》に見える。リンゴをキャッチするのにも何も問題はなかった。

ジョナスはまったく頭が混乱してしまった。

「アッシュ」と親友に呼びかけた。「何かおかしくないか？　リンゴ、変じゃないか？」

「ああ」アッシャーが笑いながら答えた。

「こいつ、手から飛びだして落っこっちゃったよ！」

アッシャーはまたしてもリンゴをとりそこねたのだった。

しかたなくジョナスも笑った。何かが起きたという不穏《ふおん》な確信を忘れようとした。けれどリンゴを持ち帰り、レクリエーション区域の規則を破ってしまった。その夕刻、両親とリリーが帰ってくるまでの間、ジョナスはリンゴを手にとり、再び慎重に観察してみた。アッシャーが何度か地面に落としたせいで、わずかに傷がついていた。だがそのほかには、これといって変わったところはなかった。

ルーペで見てみた。部屋の中で何度か放り投げてみた。机の上で転がしてもみた。もう一度、変化が起きないかと思ったのだ。

しかし、何も起きなかった。起きたことといえば、夜になってスピーカーからアナウンスが流れたことだけである。彼の名前を告げずに彼を名指すアナウンスを聞いて、両親はジョナスの机に意味ありげな視線を投げた。その上にはまだリンゴが置いてあった。

今、ジョナスは机に向かい、宿題のプリントをじっと見つめている。家族は三人ともニュー・チャイルドが寝ている籠のそばを離れない。ジョナスは頭を振り、あの奇妙《きみょう》な出来事を忘れようとした。無理にでも宿題に集中して、夕食の前に少しでも勉強をしておこうと思った。ニュー・チャイルドのゲイブリエルが目を覚ましてぐずりだした。父はリリーに優しく話しかけていた。容器《ようき》を開けて調合《ちょうごう》ミルクや道具をとりだし、食事の与えかたを説明している。

夜は過ぎていった。それまで家族ユニットで、住居で、コミュニティで過ぎていった幾夜《いくよ》と同じように。静かでもの思いに沈《しず》んだ夜、再生の時、あくる日に備える時間。唯一《ゆいいつ》の変化はそこに、まじめくさった、利口《りこう》そうな、明るい瞳のニュー・チャイルドが加わったことだけだった。

4

ジョナスはゆっくりと自転車をこぎながら、建物わきの駐輪場に目を走らせ、アッシャーの自転車を探した。奉仕活動の時間をアッシャーといっしょに過ごすことはめったになかった。アッシャーはいつもふざけるので、まじめにとりくむべき仕事が少しやりづらくなるからだった。しかしいまや、まもなく〈一二歳〉になって奉仕活動もなくなるという時期に、そんなことを言ってはいられなかった。

奉仕の時間をどこで過ごしてもよいということは、ジョナスにとっていつもたいへんぜいたくなことに思われた。一日のほかの時間は日課でぎっちり縛《しば》られていたからだ。

ジョナスは〈八歳〉になった時のことを思いだした。リリーももうすぐだが、〈八歳〉になるとこの選択の自由に直面《ちょくめん》するのだった。〈八歳〉の子はたいてい、最初の奉仕活動の時間を多少不安な気持ちで迎《むか》え、クスクス笑いあいながら、友だち同士《どうし》くっついて過ごす。そして、必ずと言ってよいほど〈レクリエーション業務《ぎょうむ》〉から始める。これは幼い子の遊びを手助けする仕事だった。遊び場は奉仕者たちにとってもいまだなじみ深い空間だから、たいがいここからスタートするのである。しかし〈八歳〉たちも、年少者を指導するうちに自信をつけ、成長し、ほかの仕事に移っていく。自分の関心や技能に合った仕事にしだいに引きつけられていくのである。〈一一歳〉の男子でベンジャミンという名の子がいた。彼はほぼ四年にわたって〈リハビリ・センター〉で奉仕活動をし、けがをした市民たちとともに働いた。噂《うわさ》では、彼はいまや〈リハビリ監〉に匹敵《ひってき》する技能をもっており、リハビリ促進《そくしん》に役立つ器具や手法《しゅほう》を考案しさえしたという。まちがいなく、ベンジャミンはこの分野で〈任命〉されるだろう。それにおそらく、通常は要求される訓練の大部分を免除《めんじょ》されることになるだろう。

ジョナスはベンジャミンのやりとげたことに感心した。ずっと同じグループだったので、彼のことはもちろん知っていた。しかし、彼の業積《ぎょうせき》について話したりすることは決してなかった。そんなことを話せばベンジャミンが気まずい思いをするからだ。たとえ本人に悪気がなくても、自慢《じまん》を禁ずる規則に反することになるので、個人の成功について感じよく語ったり話しあったりする方法などないのだった。これはさほど重大な規則ではなく、不作法なふるまいと同様、軽い罰を与えられるだけだった。それでも、規則に触れるようなことは避《さ》けたほうが賢明《けんめい》なのだ。たとえそれがしょっちゅう破られるものであったとしても。

居住区《きょじゅうく》を後にし、ジョナスは公共《こうきょう》施設《しせつ》の並ぶ街区《がいく》を走っていった。アッシャーの自転車が止められていないか、小さな工場やオフィスビルの横を見ていく。リリーが放課後を過ごす〈児童センター〉を通りすぎた。センターの建物の周囲は遊び場になっている。〈中央広場〉を通り抜け、さまざまな市民会議が開かれる巨大《きょだい》な〈大講堂《だいこうどう》〉の前にさしかかる。

ジョナスは速度を落とし、〈養育センター〉の外に並んだ自転車の名札を見ていった。〈配食《はいしょく》所《じょ》〉の外でも同じようにした。配達を手伝うのは楽しい仕事だったから、アッシャーがここで見つかって、いっしょに奉仕ができればいいなと思った。食料の入った段ボールを運んで、コミュニティの各戸《かくこ》に配るのである。だが、けっきょくほかの場所でアッシャーの自転車を見つけた。いつものように、規則どおりきちんと立てて駐輪せず、横倒しにされている。〈老年の家〉のところだった。

ほかに一台だけ子どもの自転車が置いてあった。〈一一歳〉のフィオナという女の子のものだった。ジョナスはフィオナが好きだった。成績優秀《ゆうしゅう》で、もの静かで品がよく、けれどユーモアのセンスもある。彼女が今日アッシャーといっしょに働いていると知っても驚きはなかった。ジョナスは二人の自転車の横にきちんと駐輪し、建物の中へ入った。

「こんにちは、ジョナス」受付の案内係が声をかけてきた。手渡《てわた》された登録用紙《とうろくようし》にジョナスが署《しょ》名《めい》すると、彼女はその横に公印《こういん》を捺《お》した。ジョナスの奉仕活動の全記録はもれなくリスト化され、〈公開文書館〉に保管されている。ずいぶん前に一度、こんな話が子どもたちの間でささやかれたことがある。ある〈一一歳〉の子は、〈一二歳の儀式〉に出席したはいいが、必要な奉仕活動時間を満たしていないため〈任命〉ができないと宣告された。彼はひと月の猶予《ゆうよ》を与えられて規定の奉仕活動時間を満了《まんりょう》した。そして非公式に〈任命〉を受けたが、誰からも祝福されない門出《かどで》となってしまった。この不名誉は、彼のその後の人生に暗い影を落としたという。

「よかったわ、今日奉仕の子が来てくれて」案内係が言った。「今朝《けさ》、解放があって、祝賀《しゅくが》行事をやったのよ。それがあるとどうしてもスケジュールが少し狂《くる》うじゃない？　奉仕が来てくれると復旧《ふっきゅう》できて助かるのよね」

案内係の女性は登録用紙に目を落としてから続けた。

「ええとね、アッシャーとフィオナが入浴介助《かいじょ》をやっているわ。いっしょにやったら？　場所は知ってるわね？」

ジョナスはうなずいて案内係に礼を言うと、長い廊下《ろうか》を歩いていった。途中、両側の部屋をのぞいてみる。〈老年者〉たちが静かに座っていた。互《たが》いの部屋を訪問しあっておしゃべりを楽しんでいる人もいれば、手仕事《てしごと》や簡単な工作にいそしむ人もいる。うたた寝をしている人もいた。どの部屋も必要な設備《せつび》がすべて整っていて、床《ゆか》は厚い絨毯《じゅうたん》で覆《おお》われていた。おだやかでゆったりとしたこの空間は、コミュニティの毎日の仕事が行われる製造や配達の地区の喧噪《けんそう》とは隔絶《かくぜつ》していた。

ジョナスは自分がここ数年の間、さまざまな場所で奉仕の時間を過ごしてよかったと思っていた。業種《ぎょうしゅ》のちがいをじかに体験できたからだ。しかし一方で気がついた。一つの業種に絞《しぼ》らなかったことで、ぼくは予測をまったく立てられずにいる――想像すらできていないのだ――、自分の〈任命〉がどのようなものになるかについて。

ジョナスは苦笑《にがわら》いした。また〈儀式〉のことを考えてるのかい、ジョナス、と自分をあざけった。けれど他方《たほう》では、その日がこれだけ迫ってきても、友だちもみんなわかっていないんじゃないだろうか、という思いもあった。

一人の〈介護係《かいごがかり》〉とすれちがった。彼は〈老年者〉につきそってホールをゆっくり歩いていた。「やあ、ジョナス」介護服を着たその青年がにこやかに声をかけてきた。彼に腕を支えられた女性は、前かがみの姿勢で、やわらかいスリッパを引きずりながら歩いていた。彼女はジョナスのほうを見てほほえんだが、その暗い目は曇《くも》ってうつろだった。ジョナスはこの老女が目が見えないことに気づいた。

浴場《よくじょう》へ入ると、暖《あたた》かく湿《しめ》った空気とボディシャンプーの匂《にお》いが充満《じゅうまん》していた。上着を脱《ぬ》いで壁《かべ》のフックにきちんとかけ、棚にたたんで置いてある作業着《さぎょうぎ》に着がえた。

「ジョナス!」アッシャーが浴場の隅《すみ》から声をかけてきた。浴槽《よくそう》のわきにひざをついている。すぐ近くの別の浴槽のそばにフィオナもいた。フィオナは顔を上げてジョナスにほほえみかけたが、お湯に浸《つ》かっている男性の体を優しく洗っている最中で、忙しそうだった。

ジョナスは友人二人と、そのそばで働いている介護係にあいさつしてから、パッド入りの安楽《あんらく》椅子《いす》に座って順番を待っている〈老年者〉の列に近づいた。入浴介助は以前もやったことがあるので、手順《てじゅん》はわかっていた。

「さあどうぞ、ラリッサさん」ジョナスは先頭の女性の名札を見て呼びかけた。

「まずお湯を張りますね。それから、お立ちになるのを手伝いますから」

すぐわきにある空《から》の浴槽のボタンを押す。側面《そくめん》に開いたたくさんの小さな孔《あな》からお湯が流れだすのを眺める。お湯はすぐにいっぱいになり、自動的に止まるようになっていた。

ジョナスは老女が椅子から立ちあがるのを手助けし、浴槽へと導《みちび》いた。バスローブを脱がせ、腕をしっかり持って、お湯に入ってかがむのを支える。老女は浴槽のふちに頭をもたせかけ、気持ちよさそうにためいきをついた。浴槽の頭の当たる部分にはやわらかいパッドがついていた。

「気持ちいいですか?」たずねると老女はうなずき、目を閉じた。ジョナスは浴槽のへりで清潔《せいけつ》なスポンジにボディシャンプーをつけると、彼女の痩《や》せた体を洗いはじめた。

ゆうべ父がニュー・チャイルドをお風呂に入れているのを見たが、それとほとんど変わらない。傷つきやすい肌《はだ》、心地《ここち》よいお湯、自分の優しい手の動き、石鹸《せっけん》で滑《すべ》る手の感触《かんしょく》。くつろいだおだやかなほほえみが老女の顔に浮かび、ジョナスは入浴中のゲイブリエルを思いだした。

裸《はだか》でいることも同じだ。子どもでも大人でも、他人の裸を見ることは規則で禁じられていた。

だが、ニュー・チャイルドと〈老年者〉にはこの規則は適用《てきよう》されなかった。ジョナスはうれしくなった。スポーツの試合で着がえる時に肌を見せないように気をつかったり、わざとでなくても他人の肌を見てしまっただけで謝罪しなければならないのは、じつにわずらわしいことだった。そんなことが何のために必要なのか、ジョナスにはわからなかった。この暖かく静かな場所の、安全の感覚が好もしかった。老女の顔に浮かぶ信頼の表情が好もしかった。彼女はお湯の中に無《む》防備《ぼうび》に、むきだしで、自由に横たわっていた。

ジョナスは視界の隅にフィオナをとらえた。フィオナは老人が浴槽から出るのを支え、彼の痩せた裸体《らたい》をタオルで優しく拭《ふ》き、バスローブを着るのを手伝っていた。

ふと目をやると、ラリッサはお湯の中でうたた寝を始めたらしい。〈老年者〉によくあることだった。起こさないようにそっと身動きしていたところへ彼女が突然話しかけてきたので、ジョナスは驚いた。老女の目は閉じられたままだった。

「今朝ね、ロベルトの解放をお祝いしたのよ。とてもすばらしい祝《しゅく》賀《が》会《かい》だったわ」

「ロベルトさんなら知ってますよ！　この前ここに来た時に、お食事の介助をしたんです。ほんの二、三週間前ですよ。とってもおもしろい人だった」

ラリッサはうれしそうに目を開けて、言った。

「ロベルトの全生涯《ぜんしょうがい》が語られたわ、解放の前にね。いつもそうするの。でもね、ここだけの話だけど」彼女はいたずらっぽくささやいた。

「お話がちょっと退屈な時があるわね。居眠《いねむ》りしてる人だっていたくらいよ――この前のエドナの時にね。エドナはご存じ？」

ジョナスは知らないと答えた。エドナという名前の人は記憶になかった。

「あの時はね、かれらは、エドナが有意義《ゆうぃぎ》な人生を送ったってことにしたがっていたわ」そして彼女はとりすました様子で続けた。

「もちろん、あらゆる人生は有意義ですよ。そうじゃないとは言ってませんよ。でも、エドナはねえ。何て言ったらいいかしら。彼女は〈出産母〉だったの。その後〈食料生産所〉で何年か働いて、それからここへ来たんだわ。あのひと、最後まで家族ユニットをもてなかったわね」

そしてラリッサは顔を上げ、誰も聞いていないことを確かめてからうちあけた。

「エドナは、あんまりかしこいひとじゃなかったわね」

ジョナスは笑った。老女の左腕をすすぎ、湯に戻す。続いて足を洗いはじめた。スポンジで足をマッサージすると、ラリッサは気持ちがいいわ、とつぶやいた。

「でも、ロベルトはすばらしい人生を送ったわ」ひと息おいて彼女は続けた。

「〈一一歳〉の〈教官〉をやっていたのよ――ほんとに大切なお仕事よね――、〈計画委員会〉にも参加してたし。それに、まったくどうやって時間を作ってたのかしらね、二人の子どもも立派《りっぱ》に育てあげたし。しかもよ、〈中央広場〉の造園《ぞうえん》のデザインにもたずさわったんですもの。もちろん、造園の実際の作業なんてやらなかったわよ」

「さあ次は背中ですよ。体を前に倒してください、起きあがるのを手伝いますから」

ジョナスは腕をラリッサの体に回し、座りなおすのを手助けした。スポンジを背中に押しつけ、痩せて骨ばった肩をこする。

「祝賀会のこと、きかせてくださいよ」

「そうね、ロベルトの生涯についてお話があったわ。いつも最初はそう。それから乾杯《かんぱい》よ。みんなで祝杯《しゅくはい》をあげて、お祝いの歌を斉唱《せいしょう》するの。ロベルトは立派にお別れのスピーチをしたわ。お返しに何人か、彼の幸福を祈《いの》って短いスピーチをした。私はしないわよ。だって、人前で話すのって好きじゃないんだもの。

彼、感激《かんげき》してたわ。見せたかったわ、あの人の顔つき。かれらに連れて行かれる時のね」

ラリッサの背中をこするジョナスの手の動きが、考えこむかのように徐々《じょじょ》に鈍《にぶ》った。

「ラリッサさん、ほんとうのところ、解放されるとどうなるんですか？　ロベルトさんは、いったいどこへ行くんです？」

老女は濡《ぬ》れた裸の肩を小さくすくめた。

「わからないわ。誰も知らないのよ、委員会の人たちのほかはね。ロベルトはただ、集まった人たちにおじぎして、これまでに解放された人と同じように、あの特別なドアを通って〈解放の部屋〉へ入っていったの。でもほんとに見せたかったわ、彼の顔。まじりけのない幸福って、ああいう表情を言うんだと思うわ」

ジョナスは少しだけ笑った。「その場にいて見られたらよかったです」

するとラリッサは眉を寄せて言った。

「どうして子どもたちを来させないのかしらね。部屋が狭いのよ、たぶん。〈解放の部屋〉をもっと広くすべきだと思うわ」

「委員会に提案しなきゃいけませんね。ひょっとしたら検討してくれるんじゃないですか」ジョナスがいたずらっぽく言うと、ラリッサは声を立てて笑い、うれしそうに叫んだ。

「そうよ！」

ジョナスが手を貸して、老女はお湯から上がった。

5

朝の日課ではいつも、家族がめいめい前の晩の夢を話すことになっていたが、ジョナスはあまり貢献していなかった。めったに夢を見なかったからだ。時には目が覚めた時、眠りにただよっていた断片《だんぺん》が頭の中に残っていることもあった。けれども、それらをつかんでまとめて、日課で語るに足《た》る話にできるとは思えなかった。

だが、その朝はちがっていた。前の晩、とても生々《なまなま》しい夢を見たのである。

ジョナスはリリーが話すのをぼんやり聞いていた。リリーはいつものように、長々《ながなが》と自分の見た夢を説明していた。恐ろしい夢だった。リリーは規則に反して母の自転車に乗り、〈警備員《けいびいん》〉に捕《つか》まってしまったという。家族は注意深く聞きながら、夢が与えている警告《けいこく》について彼女と話しあった。

「夢を話してくれてありがとう、リリー」ジョナスは決められたフレーズを機械的に述べ、続いて母が語る夢の断片の話は、もっとちゃんと聞こうと努めた。それは不安な光景《こうけい》で、母は身に覚えのない規則違反で厳しく罰せられたという。家族は、おそらく母が先日、重大な規則違反を二度めに犯した市民に対して、不本意《ふほんい》ながら処罰《しょばつ》を下《くだ》したことを気に病《や》んでいるせいでそんな夢を見たのだろう、と話しあった。

父は夢を見なかったと言い、「ゲイブは？」と籠の中のニュー・チャイルドにたずねた。赤ん坊は食事の後でのどを鳴らし、日中を〈養育センター〉で過ごすため連れて行かれるのを待っていた。

家族は父の言葉に笑った。夢を語るのは〈三歳〉以降だから、ニュー・チャイルドが夢を見たとしても誰にもわからないのである。

「ジョナスの番よ」母が言った。家族はジョナスが語るに足る夢をめったに見ないことを知っていたが、それでも一応はたずねるのだった。

「見たよ、ゆうべは」ジョナスは答え、難《むずか》しい顔つきで座りなおした。

「そうか。じゃあ話しておくれ」父が言った。

ジョナスは説明を始めた。記憶をたぐり、奇妙な夢を再現しようと努めた。

「細かいところはぼやけてるんだけどさ。ぼくはお風呂場にいるみたいなんだ、〈老年の家〉の」

「昨日行ってきたんだろう」父の指摘に、ジョナスはうなずいて続けた。

「でも、様子がちょっとちがうんだ。バスタブはあるけど、一個だけ。ほんとは〈老年の家〉のバスタブはずらっと並んでるんだもの。だけど、夢の中のお風呂場は暖かくて湿ってる。ぼくは上着を脱いで、でも作業着を着ずに、上半身裸でいるんだ。それに汗をかいてる、暑いから。フィオナがいた。昨日と同じような感じだった」

「アッシャーも？」母の問いに、ジョナスは首を振った。

「ううん、ぼくとフィオナしかいない。二人でバスタブのそばに立ってる。フィオナは笑ってるけど、ぼくは笑ってない。彼女にすこし頭にきてる。ぼくの言うことを、ちゃんときいてくれないから」

「きいてくれないって、何を？」リリーがたずねた。

ジョナスは朝食の皿《さら》を見つめていた。自分では理解できない何かの理由で、少しだけ恥《は》ずかしさを感じていた。

「たぶんぼく、お湯の中へ入るようにってフィオナを説得《せっとく》しようとしてたんだ」

ジョナスはそこで言葉を切った。すべて話さなければいけないのはわかっていた。夢告白では、夢の*すべて*を話してもかまわないだけでなく、話さなければならなかった。だから、不安を感じた場面についても無理をして話した。

「フィオナに、服を脱いでバスタブに入ってほしかったんだ」ジョナスは早口に説明した。

「体を洗ってあげたかった。ぼくはスポンジを手に持ってた。でも、フィオナは入らなかった。ずっと、笑いながらいやだって言ってた」

ジョナスは顔を上げて両親を見た。「それで終わりだよ」

「夢の中で一番強かった感情は何だい？」父がきいた。

ジョナスは考えこんだ。細部《さいぶ》はあいまいでぼんやりしていた。だが、感情ははっきりしていて、今思い起こしても頭の中にあふれてくるようだった。

「熱望かな。ぼくはフィオナがそうしたくないことはわかっていて、たぶんそうしちゃ、い、け、な、い、ってことも知っていた。でも入ってほしかった、ものすごく。そう熱望《ねつぼう》してる気持ちが、体じゅうに満ちてるのがわかったよ」

「夢を話してくれてありがとう、ジョナス」一瞬のためらいの後に母が言った。そして父の顔をちらっと見た。すると父が言った。

「リリー、学校へ行く時間だよ。今日はお父さんと並んで歩いて、ゲイブの籠を見ててくれるかい？　彼が動いて籠から落ちちゃうといけないからね」

ジョナスも席を立って教科書をそろえはじめた。家族が自分の夢について、感謝の言葉の前に詳しく話しあわなかったことに驚いていた。おそらく彼自身と同じように、混乱した夢だと思ったのだろう。

すると母が優しく言った。「待って、ジョナス。教官あてにおわびの手紙を書くわ。そうすれば、遅刻の謝罪をしなくてすむでしょう」

ジョナスはとまどいながら、力なく椅子に座りこんだ。父とリリーが、ゲイブが収《おさ》まった籠をさげて出かけていく。二人に手を振る。母が朝食のあとかたづけをし、トレイを玄関に置くのを眺めていた。食器類は後で〈回収係《かいしゅう》〉がとりにくる。

とうとう母はジョナスの横に座り、ほほえみながら言った。

「ジョナス、さっき夢の感情を『熱望』って説明してくれたわね。それは、あなたの初めての〈高揚《こうよう》〉なの。

お父さんも私も、そろそろじゃないかって思ってたの。誰にでも起きることで、お父さんもあなたと同じ歳に経験したのよ。お母さんもそう。リリーにもいずれ訪れるわ。

そしてね、夢がその始まりになることがとても多いの」

〈高揚〉。聞いたことはあった。〈規則の書〉に書かれているのを見たこともあるが、どんな説明だったかは覚えていなかった。時々、〈告知者〉がアナウンスすることもあった。

「告知シマス。〈高揚〉ニツイテノ注意事項。起キタ場合ハ必ズ報告セヨ。適切ナ治療《チリョウ》ヲホドコス必要ガアリマス」

ジョナスはいつもそのアナウンスを無視《むし》していた。意味が理解できなかったし、何にしても自分に関係があるとは思えなかったからだ。彼を含めてほとんどの市民は、〈告知者〉が告げる指令や注意事項の多くを無視していた。

「報告しなくちゃいけないの？」そうたずねると、母は笑って言った。

「もうしたじゃないの、夢告白《ゆめこくはく》で。それで十分なのよ」

「でも、治療は？〈告知者〉は、治療しなければいけないって言ってるよ」

ジョナスはみじめな気持ちになった。もうすぐ〈一二歳の儀式〉だというのに、治療のためにどこかへ連れて行かれるのだろうか。それも、ばかげた夢のせいで？

だが、母は再び安心させるように優しくほほえんだ。

「いいえ、そんな必要はないわ。錠剤《じょうざい》を飲むだけよ。あなたが薬を使う年齢になったというだけのこと。それが〈高揚〉の治療なの」

ジョナスはほっとした。錠剤のことは知っていた。両親が毎朝飲んでいたし、何人かの友だちも服用《ふくよう》していた。いつだったか、アッシャーといっしょに登校する途中でこんなことがあった。自転車に乗った二人を、アッシャーの父が玄関から呼びとめて言ったのだ。「錠剤を忘れてるぞ、アッシャー！」

アッシャーはうめいたが、おとなしく自転車の向きを変えて錠剤を飲みに戻った。その間ジョナスは待っていた。

こうしたたぐいのことは、友だちに問いただしたりしない。「ちがっていること」についての、気づまりな話になりかねないからだ。アッシャーは毎朝錠剤を服用している。ジョナスは服用していない。互いに同じであることについて話していれば、いつでもことを荒立《あらだ》てず、不作法にならずにすむのだった。

ジョナスは母がさしだした小さな錠剤を飲みこんだ。

「これで終わり？」

「これで終わりよ」母は答え、戸棚《とだな》に錠剤のびんを戻した。

「でも、絶対に飲むのを忘れちゃだめ。はじめの何週間かは、お母さんが言ってあげるわ。その後は自分で気をつけるのよ。飲むのを忘れると〈高揚〉が戻ってくるの。〈高揚〉の夢はまた訪れるから、ときどき薬の量を調節《ちょうせつ》しなきゃならないわ」

「アッシャーも飲んでるんだよ」ジョナスはうちあけた。

母はうなずいた。驚いた様子はなかった。

「グループのお友だちはもうけっこう飲んでるんじゃないかしら、少なくとも男の子はね。もうすぐ全員そうなるわ、女の子も」

「いつまで飲みつづけなきゃならないの？」

「〈老年の家〉に入るまでよ。大人の間ずっと。でも、習慣になるからだいじょうぶ。しばらくしたら気にもならなくなるわ」

母は腕時計を見た。「今すぐ出れば、遅刻しないわよ。急いで行きなさい」

ドアに向かうジョナスに、母は言葉を投げかけた。

「もう一度ありがとう、ジョナス。夢を話してくれて」

自転車を飛ばしながら、ジョナスはおかしなことに、錠剤を飲む仲間に入れたことを誇らしく感じた。一瞬、また夢を思いだした。楽しいものに感じられた。それは混乱したものだったけれども、母が〈高揚〉と呼んだこの感情は、好ましいものだった。目が覚めた時、〈高揚〉をもう一度味わいたいと思ったことを思いだした。

角を曲がって家が背後《はいご》に流れ去ったのと同様に、夢も頭の中から流れ去っていった。つかの間《ま》、いくぶん後ろめたい気持ちでつかみなおそうとしたが、その感情はもう消えてしまっていた。〈高揚〉は彼を去っていた。

6

「リリー、お願いだからじっとしててちょうだい」母がまた言った。

母の正面に立ったリリーは、じれったそうに体をよじり、不満《ふまん》げに鼻を鳴らした。

「自分で結べるもん。いつもやってるもん」

「はいはい」母は受け流し、娘のおさげに結ばれたリボンを整えた。

「でもね、しょっちゅうほどけるでしょう。それにいつも午後になると、リボンが背中にぶらさがっちゃってるじゃないの。今日はね、とにかくきれいにしとかなきゃいけないの。それも一日中よ」

「リボンきらいよ。けど、あと一年のがまんだわ」リリーはぷりぷりして言うと、今度はうきうきした顔になってつけたした。

「来年は自転車だってもらえるんだから」

「毎年いいことがあるさ」ジョナスは妹に思いださせた。

「今年は奉仕の時間も始まるだろ。それに、ほら去年はさ、〈七歳〉になってすごく喜んでたじゃないか。前ボタンのジャケットを着られるようになってさ」

妹はうなずくと自分の装《よそお》いを見下《みお》ろした。ジャケットの前みごろには大きなボタンが並んでいる。〈七歳〉の印《しるし》だ。〈四歳〉から〈六歳〉までの子どもたちは、背中にファスナーのついたジャケットを着るきまりだった。友だちの手を借《か》りなければ着られないこうした服は、子どもたちにいやおうなく相互依存《そうごいぞん》を教えこむことになった。

前ボタンのジャケットは自立を示す最初の印であり、目に見える成長の証《あかし》だった。そして、〈九歳〉になって与えられる自転車は、家族ユニットの保護《ほご》を離れ、少しずつコミュニティの中へと移行《いこう》していくことを意味する決定的な象徴《しょうちょう》だった。

リリーはにっこり笑い、身をくねらせて母の手を逃れるとうれしそうに言った。

「それに、今年はお兄ちゃん〈任命〉でしょう。〈パイロット〉がいいな。飛行機に乗せてもらえるもん！」

「乗せてやるとも」ジョナスは言った。

「おまえにぴったりのちっちゃいパラシュートを、特注《とくちゅう》で用意してやるよ、それでお空へゴーさ。おっ、上空二万フィートだ、さあドアを開けるぞ、ほら──」

「ジョ・ナ・ス」母がたしなめた。

「冗談だよ。〈パイロット〉になんてなりたくないし。もし任命されたら、異議申し立てするよ」

「さあ、これでいいわ」母は妹のリボンをもう一度ぎゅっと結びなおした。「ジョナス、用意できたの？　錠剤は飲んだ？　お母さん、〈大講堂〉のいい席をとりたいのよ」

母はそう言ってリリーを玄関に急《せ》きたてた。ジョナスもその後に続いた。

〈大講堂〉までは自転車ですぐだった。リリーは道々《みちみち》、母の自転車の後部座席から友だちに手を振っていた。ジョナスは母の自転車に寄せて自分のを止めると、人ごみをかき分けて同じグループの友人を探した。

毎年、〈儀式〉にはコミュニティの全員が参列《さんれつ》した。これは親たちにとっては二日間の休日を意味した。巨大なホールに父母たちが並んで座っていた。子どもたちはグループごとに座り、一人ずつステージに上がる順番を待っている。

だがジョナスの父は、すぐには母と同席できなかった。〈養育係〉は儀式の冒頭《ぼうとう》に行われる〈命名〉で、ニュー・チャイルドたちをステージに連れて行く仕事があるからだ。ジョナスはバルコニーの〈一一歳〉の席から、〈大講堂〉の中に父の姿を探した。最前列にいる〈養育係〉の一団はすぐにわかった。その一帯《いったい》からニュー・チャイルドたちの泣き叫ぶ声が上がっていた。赤ん坊たちは〈養育係〉のひざの上で身もだえしている。

ほかの公式行事《こうしきぎょうじ》では、人々は静かに壇上《だんじょう》を注視《ちゅうし》するのが常《つね》だった。しかし年に一度のこの日だけは、自分の名前と新しい家族を与えられるのを待つおちびさんたちのかまびすしい騒ぎを、みな笑って大目《おおめ》に見るのだった。

ようやく父と目が合ったので、手を振った。父もにっこりして手を振りかえし、次にひざの上のニュー・チャイルドの手をとって振って見せた。

それはゲイブリエルではなかった。ゲイブは今日は〈養育センター〉に戻され、夜勤スタッフに看護されている。ゲイブは、委員会からきわめて異例《いれい》の一時的猶予《ゆうよ》を与えられた。〈命名〉と〈配《はい》属《ぞく》〉までにあともう一年間、看護を受けられることになったのである。父はゲイブリエルの代理《だいり》人《にん》として委員会に嘆願《たんがん》を申し入れ、このニュー・チャイルドが生後日数にふさわしい体重にも満たず、夜わが家に連れてきてもぐっすり眠ることすらできていない状況《じょうきょう》を訴《うった》えた。

ふつうならこういうニュー・チャイルドは〈発育不良《はついくふりょう》〉とされ、コミュニティから解放されてしまう。しかし父の嘆願が実を結んでゲイブリエルは〈未確定《みかくてい》〉に分類《ぶんるい》され、一年間の猶予を得た。ひきつづき〈養育センター〉でケアを受け、夜はジョナスの家族ユニットで過ごすだろう。この特別措置《そち》について、リリーも含めた家族全員が誓約書《せいやくしょ》に署名をさせられた。誓約書には、この小さな下宿人《げしゅくにん》に情《じょう》が移らないようにすること、来年の〈儀式〉で彼の属すべき家族ユニットが決まったら、いっさいの異議申し立てをせずただちに彼を引き渡すこと、と記されていた。

どっちにしても、とジョナスは考える。来年ゲイブの配属が決まってもしょっちゅう会うことになるんだ、その時にはもう彼はコミュニティの一員なのだから。もし解放されたら、もう会うことはない。絶対に。解放された人々は――ニュー・チャイルドも例外ではない――〈よそ〉へ送られ、二度とコミュニティには戻ってこない。

父は、今年はニュー・チャイルドを一人も解放せずにすんでいたので、もしゲイブが解放というとになったら大きな失意と悲しみに襲《おそ》われることだろう。ジョナスはリリーや父のように、この小さな同居人《どうきょにん》につきまとうようなことはなかったけれど、それでもゲイブが解放されずにすんだことはうれしかった。

最初の〈儀式〉は定刻《ていこく》に始まった。ジョナスは、ニュー・チャイルドが次々に名前を授かり、〈養育係〉の手から配属先の家族ユニットに渡されるのを見守った。なかには初めての子どもを得る家族もいたが、多くは最初の子を連れてステージに上がった。どの子もみな、弟や妹ができる誇らしさで顔を輝《かがや》かせていた――〈五歳〉になった時のジョナスと同じように。

アッシャーがジョナスの腕をつついて、かすれ声で言った。

「覚えてるか、おれんちにフィリッパが来た時のこと」

ジョナスはうなずいた。つい去年のことである。アッシャーの両親はかなり長い間、二人めの子どもを申請しなかった。ひょっとして、とジョナスは勘《かん》ぐっている。二人はアッシャーの強《きょう》烈《れつ》なバカぶりにへとへとになってしまい、少し時間を置きたかったのではないか。

グループのうち、フィオナと、もう一人シーアという名の女子が席にいなかった。彼女たちは両親といっしょに、ニュー・チャイルドを受けとるために待機《たいき》していた。しかし家族ユニットの子どもの間に、これほど歳の差のあるケースはごくまれだった。

儀式を終えてフィオナが戻ってきた。アッシャーとジョナスの前列に空《あ》けてあった自分の席に座り、二人のほうを振りむいた。

「かわいい子よ。でも、名前はあんまり好きになれないな」

そう言うと、フィオナは眉を寄せてクスッと笑った。フィオナが受けとった弟の名はブルーノだった。たしかに、イカす名前じゃないな、とジョナスは思う。そう、たとえばゲイブリエルみたいには。でもまあ、悪くないさ。

観衆《かんしゅう》は〈命名〉のたびに熱心に拍手喝采《かっさい》していたが、ある両親のところで熱狂《ねっきょう》は頂点に達した。その二人は誇らしげに顔を輝かせていた。男児《だんじ》のニュー・チャイルドを得て、ケレイブという名前が読みあげられたからだった。

この新しいケレイブは後継者《こうけいしゃ》だった。夫妻《ふさい》は最初のケレイブを喪《うしな》っていた。はつらつとした、かわいらしい〈四歳〉の男の子だった。子どもの〈喪失《そうしつ》〉はめったに起きない。コミュニティはこれ以上ないほど安全だったし、市民はみな子どもたちを護《まも》るために細心《さいしん》の注意を払っていたからだ。しかしどういうわけか最初のケレイブは、誰にも気づかれることなく迷子《まいご》になり、川へ落ちてしまった。コミュニティをあげて〈喪失の儀式〉が執《と》り行われ、一日中ケレイブの名が唱《とな》えられた。その声がしだいに間遠《まどお》に、ひそやかになってゆき、長く陰鬱《いんうつ》な日が過ぎていった。そうしてこのかわいそうな〈四歳〉の男の子は、人々の意識から徐々に消えていったように思われた。今、この特別な〈命名〉にあたって、コミュニティは短い〈後継者のための祈りの儀式〉を挙《あ》げた。最初のケレイブの死以来、初めてその名がくりかえし唱えられた。初めはひそやかにゆっくりと、やがて速度と音量を増していく声の中、夫妻はステージに立っていた。母親の腕にはニュー・チャイルドが眠っていた。あたかも、最初のケレイブが戻ってきたかのようだった。

ロベルトという名をもらったニュー・チャイルドもいた。ジョナスは、先週解放されたばかりの〈老年者〉のロベルトのことを思い起こした。しかし、幼い新ロベルトのために〈後継者のための祈りの儀式〉は行われなかった。〈解放〉は〈喪失〉とはちがうのである。

ジョナスは行儀よく座って、〈二歳〉、〈三歳〉、〈四歳〉の儀式を見つづけた。例年と同じようにだんだん飽《あ》きてきた。やがて昼食の時間になり――昼食は戸外《こがい》で供《きょう》された――、食後はまた座席に戻って、〈五歳〉、〈六歳〉、〈七歳〉の儀式が続く。そしてようやく、第一日目の最後となる〈八歳〉の儀式が始まった。

ジョナスは、誇らしげにステージに進む妹に声援を送った。〈八歳〉になって、今年は専用のジャケットを着ることができる。前よりも小さなボタン、そして初めてのポケット付きだ。それは、ささやかな持ちものを自分で管理できるまでに成長したことの証だった。リリーは厳粛《げんしゅく》な面持《おもも》ちで立ち、厳しい指示が読みあげられるのを聞いていた。いわく、〈八歳〉の責任について、初めての奉仕活動の時間について、云々《うんぬん》。しかしジョナスは気づいていた。集中しているように見えるが、じつはリリーの目はずらりと並んだピカピカの自転車に釘《くぎ》づけだった。明日の朝、〈九歳〉の子たちに贈られる自転車である。

来年だよ、リリー＝ビリー。ジョナスは心の中でつぶやいた。

疲労困憊《ひろうこんぱい》の一日が終わった。その夜はゲイブリエルでさえ、籠に入れられて〈養育センター〉から戻ると熟睡《じゅくすい》していた。

そしてついに、〈一二歳の儀式〉の朝がやってきた。

今日は父も母と並んで座っていた。二人は律儀《りちぎ》に〈九歳〉の子どもたち一人ひとりに拍手を送っていた。〈九歳〉たちが真新《まあたら》しい自転車を引いてステージを降りる。後輪《こうりん》のフレームにはめいめいの名札が光っていた。

わが家の隣に住むフリッツの番が来た。ジョナスは、両親が自分と同じように少しうんざりしているのがわかっていた。フリッツは自転車を受けとるやいなや、さっそく演壇《えんだん》にぶつけそうになった。フリッツはとても不器用《ぶきよう》な子で、何度も懲罰《ちょうばつ》のために呼びだされていた。彼の違反はいつも、靴を左右逆《ぎゃく》に履《は》いているとか、宿題をなくしたとか、小テストをしくじるといったたぐいのささいなことだった。しかしそのどれもが、両親の指導に問題があるせいだとみなされた。しかもそれは、コミュニティの秩序《ちつじょ》や成功についての感覚を侵害《しんがい》するものでもあった。フリッツが自転車をきちんと駐輪場に止めず、住居前の道に放りだしておくのが目に見えていたので、ジョナス一家はフリッツが自転車をもらうことを喜べなかった。

ようやく〈九歳〉の全員が着席した。かれらが外に止めてきた自転車は、一日の終わりまで持ち主を待っているだろう。毎年、〈九歳〉が初めて自転車で家に帰る時には、誰もが含《ふく》み笑いをしながらちょっとしたジョークを飛ばした。「乗りかた、おしえようか！」歳上の子どもたちが冷《ひ》やかしの声を上げる。「今まで自転車に乗ったことなんか、ないもんなあ！」すると、じつはみな規則を破って数週間、秘密の特訓《とっくん》をしてきている〈九歳〉たちは、きまってニヤニヤする。そしてどの〈九歳〉も、サドルにまたがるやさっそうと乗りこなして走り去る。補助輪《ほじょりん》は地面に触れもしない。

続いて〈一〇歳〉の儀式が始まった。ジョナスはいつも思うのだが、〈一〇歳の儀式〉にはとりたてておもしろいことは何もなかった。時間ばかりかかって、一人ひとり、〈一〇歳〉特有《とくゆう》のヘアスタイルに散髪《さんぱつ》をするだけなのだ。女の子はおさげを切り落とす。男の子も子どもっぽい長めの襟足《えりあし》を切って、耳を出した男らしい短髪《たんぱつ》になる。

ほうきを手にした〈労働者〉がすばやくステージに上がり、落ちた髪の毛を掃《は》き集める。〈一〇歳〉の親たちがひそひそ声でしきりに話しあっている。今夜は多くの家で、あわただしく散髪された頭に再び鋏《はさみ》が入れられ、髪のラインがきれいに整えられるだろう。

次は〈一一歳〉である。自分がこの儀式を受けたのがつい昨日のことのように思われたが、それはジョナスにとって楽しい思い出ではなかった。〈一一歳〉は、〈一二歳〉になるのを待つばかりで、意味のある変化もない、足踏《あしぶ》みするだけの年だった。新しい服は支給《しきゅう》される。女の子には体の変化に合わせてそれまでとはちがう下着、男の子には丈《たけ》の長いズボンだ。このズボンには、その年に授業で使う小さな電卓《でんたく》を入れるための、特殊《とくしゅ》な形のポケットが付いていた。けれども、〈一一歳〉にはこの服の入った包《つつ》みが贈られるだけで、お祝いのスピーチもなかった。

昼食の時間になった。そういえば空腹《くうふく》を感じていた。グループの仲間が〈大講堂〉正面のテーブルに集まり、めいめいランチの包みを手にとった。昨日の昼は、わがグループは浮《う》かれて元気いっぱいふざけあっていた。ところが今日はほかの子どもたちと離れて不安げに立ちつくしている。新しく〈九歳〉になった子たちは自転車の列に引きよせられ、めいめいの名札に見とれている。〈一〇歳〉たちは短くなった髪をしきりになでている。女の子は頭を振って、不慣《ふな》れな髪の軽さを確かめていた。重たいおさげ髪とのつきあいが長かったから無理もない。

「前に聞いたんだけどさ。自分がぜったい〈技師〉に任命されるって信じてたやつの話」食べている最中に、アッシャーがボソボソと話しだした。

「ところがさ、〈衛生労働者《えいせい》〉にされちゃったんだって。そいつ、次の日に出てっちゃって、川に飛びこんじゃったんだ。それで、泳いで川を渡って、隣のコミュニティに入ったんだ。そのあと誰もその子を見てないんだって」

ジョナスは笑って言った。

「そんなの作り話だよ、アッシュ。その話、うちのお父さんも聞いたことあるって言ってたもん。それもお父さんが〈一二歳〉の時にだぜ」

しかしアッシャーは安心しなかった。〈大講堂〉の裏手《うらて》に見える川をじっと見つめている。

「おれ、泳ぎがうまくないだろ。水泳の教官が言ってたんだ。おれには、ふつうのウリョクだか何かが欠けてるって」

「浮力《ふりょく》だろ」ジョナスが訂正《ていせい》した。

「何でもいいよう。とにかくそれがないんだ。沈《しず》んじゃう」

「だけどさ、アッシャー。そんな人知ってるか？　おれが言ってるのは、直接知ってるかってことだぜ。噂を聞いたとかそんなのじゃだめだ。ほかのコミュニティに移った人なんてさ」

「知らないよ」アッシャーはしぶしぶ認《みと》めた。

「けど、移ったっていいんだよ。規則にも書いてあるもん。もし合わなかったら、〈よそ〉へ行きたいって申請すれば解放されるんだ。うちのお母さんも言ってたよ。一〇年くらい前に、申請を出した人が次の日に出てったたって」

　そこまで言って、アッシャーはクスッと笑った。

「お母さんさあ、その時おれに頭にきてて、〈よそ〉へ移しちゃうわよって脅《おど》したんだよな」

「からかっただけだろ」

「わかってる。でもほんとだぜ、そういう人が前にいたって話は。お母さんも言ってたんだから。今日はいたのに、明日はもういない。二度と姿を見なくなる。〈解放の儀式〉さえなしにだよ」

　ジョナスは肩をすくめた。心配の種《たね》にもならない。合わないなんてことがあるはずがない。コミュニティは綿密《めんみつ》な注意のもとに秩序づけられているし、さまざまな選択はきわめて慎重《しんちょう》に行われている。

〈配偶者の適合《てきごう》〉にしても、熟慮《じゅくりょ》に熟慮を重ねて決められる。申請者は〈適合〉が承認されて告知を受けるまでに何か月も、時には何年も待たされることすらある。二人の人間のあらゆる要素――気質《きしつ》、活力、知性、嗜好《しこう》――が合致《がっち》し、完璧《かんぺき》な相互作用《そうごさよう》が働くようにしなければならないからだ。たとえばジョナスの母は、知性においては父よりも優《すぐ》れている。しかし、父は母よりもおだやかな気質をもっている。二人は互いにバランスがとれているのだ。かれらはすべての〈適合〉の場合と同様、子どもを申請できるようになるまでに〈長老委員会〉によって三年間観察を受けたが、二人の〈適合〉はつねに成功してきた。

〈配偶者の適合〉、〈命名〉、あるいはニュー・チャイルドの〈配属〉。〈任命〉もまたこれらと同じように、〈長老委員会〉が細心の注意を払ってなされるものであるはずだった。

ジョナスは、自分やアッシャーの〈任命〉は、それが何であろうと、自分たちに適したものとして与えられるはずだと信じていた。願いはただ、早く昼の休みが終わって観衆が〈大講堂〉の中に戻り、どっちつかずの状態に終止符《しゅうしふ》が打たれることだけだった。

ジョナスの声にならない願いに答えるかのように休憩《きゅうけい》終了の合図《あいず》が鳴り、人の群《む》れがドアへ向かって動きはじめた。

7

ジョナスたちは今、〈大講堂〉の中で新しい〈一一歳〉たちと位置を替《か》わり、ステージ正面の最前列に座っていた。

子どもたちは、めいめいに付けられた番号順に並んでいた。この番号は誕生《たんじょう》の時に付けられるのだが、〈命名〉の後に使われることはめったになかった。しかしもちろん、みな自分の番号はわかっていた。ときおり、両親がわが子の不作法にいらだって、そういう悪さは授けられた名を汚《けが》すことになるのだとさとすために、子どもを番号で呼ぶことがあった。ジョナスはいつも、怒りにかられた親がしゃくりあげる幼《おさ》な子《ご》を叱りつけるのを聞くと、思わず吹きだしてしまうのだった。たとえばこうだ――「いいかげんになさい、〈二三番〉!」

ジョナスは〈一九番〉で、その年に生まれた一九番目のニュー・チャイルドだった。つまり彼は〈命名〉の時点ですでに立つことができ、明るい瞳をもっていて、まもなく歩くことも話すこともできるようになるところだった。最初の一年か二年の間はわずかながら優位を示していて、その年のもっと遅い月に生まれた同グループ内の多くの子より、いくぶん発育がよかった。しかしつねにそうであるように、〈三歳〉までにはみな同じくらいになった。〈三歳〉以降、子どもたちはほぼ同じように成長していったが、最初に付けられた番号によって、グループの中で誰が誰より数か月年長《ねんちょう》なのかはすぐにわかった。厳密《げんみつ》に言うと、ジョナスの正式な番号は〈一一の一九番〉だった。〈一九番〉はそれぞれの年齢のグループにもいたからである。そしてこの朝、新しい〈一一歳〉が誕生して、今この瞬間には〈一一の一九番〉が二人いることになる。昼の休憩の時、ジョナスは新しいほうとほほえみをかわした。ハリエットという名の内気そうな女の子だった。

しかし、同じ番号が二人いる状態はほんの数時間のことだった。ほどなくジョナスは〈一一歳〉ではなくなり、〈一二歳〉になるのだから。そして年齢はもはや重要ではなくなる。ジョナスは両親と同じように大人になるのだ。まだなりたての、訓練を受けていない大人だが。

アッシャーは〈四番〉だ。ジョナスの前列に座っている。四番目に〈任命〉を授与されるわけだ。フィオナは〈一八番〉で、ジョナスの左隣にいた。右隣には〈二〇番〉のピエールという男の子が座っている。ジョナスはピエールがあまり好きではなかった。彼はきまじめでおもしろみがなく、小さなことでくよくよするし、告《つ》げ口屋《ぐちや》でもあった。

「規則に何て書いてあるか確かめたか？　ジョナス」

「それ、規則で許されてるかなあ」

ピエールは、年中《ねんじゅう》もったいぶってそんなふうにささやいていた。それも彼が気に病んでいるのはたいていくだらない、誰も気にしていないようなこと――「そよ風の日に上着の前を開けていてもよいかどうか」だの、「友だちの自転車をちょっとだけ借りてもよいかどうか、それも乗った感じがどうちがうかを確かめるためだけに」だのといった、ごくささいなことなのである。

〈一二歳の儀式〉の冒頭には、〈主席長老《しゅせきちょうろう》〉によるスピーチが行われる。〈主席長老〉はコミュニティの指導者であり、一〇年ごとに選挙で選出された。スピーチの内容は毎年似たり寄ったりだった。幼年時代の思い出、準備の期間、やがて担《にな》うべき成人としての責任、〈任命〉の崇高《すうこう》な重要性、全力でとりくむべき訓練について、などである。

〈主席長老〉のスピーチは続いていた。「いまや」彼女はそう言うと、ジョナスたちをまっすぐに見つめた。

「差異《さい》を肯定《こうてい》すべき時が来たのです。あなたがた〈一一歳〉は、これまですべての歳月《さいげつ》をかけて調和《ちょうわ》を学んできました。標準からはずれる行動を避け、グループ内で目立つことになるようなあらゆる衝動《しょうどう》を抑制《よくせい》してきました。

けれど今日、わたくしたちはあなたがたの差異を称《たた》えます。差異こそが、あなたがたの将来を決定したのです」

〈主席長老〉は、個性豊かな今年の〈一二歳〉たちについて、名前を挙げずに語りはじめた。彼女は言った。ある子はとても優れた介護の技能をもっている。別の子はニュー・チャイルドの養育に強い関心を示した。ずば抜《ぬ》けた科学の素養《そよう》をもつ子もいる。そしてもう一人の子にとっては、明らかに肉体労働こそが喜びなのだ……ジョナスは居《い》ずまいを正し、それぞれどの子のことなのか考えた。

「介護の技能」はまちがいなく、左隣にいるフィオナのことだろう。彼女が〈老年者〉の入浴を手伝う優しい手つきが頭に浮かんだ。「科学の素養をもつ子」はたぶん、〈リハビリ・センター〉で新しい有用な器具を考案したベンジャミンのことだろう。

ぼくのことは出てこなかったな、とジョナスは思った。

最後に〈主席長老〉は〈長老委員会〉に対し、一年にわたって慎重に観察を続けてきた労《ろう》をねぎらった。〈長老委員会〉の人々が起立し、拍手で称えられた。ふとアッシャーを見ると、こっそりあくびをしていた。行儀よく手で口を覆っている。

そしてついに、〈主席長老〉が〈一番〉をステージに呼び、〈任命〉が始まった。

一人ひとりの告知は長々しく、新しい〈一二歳〉へのスピーチが添えられていた。ジョナスは注意深く〈一番〉の様子を観察した。彼女は幸せそうにほほえんでいた。〈主席長老〉は彼女を〈養殖場係員〉に任命し、いつも〈養殖場〉で奉仕活動をしてきたこと、コミュニティに食料を供給するという重要な仕事に熱意をもっていることを賞賛《しょうさん》した。

〈一番〉――彼女の名はマデリンといった――はようやくステージを降り、拍手の中を席に戻った。胸には〈養殖場係員〉のバッジが輝いていた。ジョナスはその〈任命〉だったことを心から喜んだ――彼自身はその仕事を望んでいなかったから。それでも、マデリンに祝福の笑みを送るのは忘れなかった。

〈二番〉のインゲルという名の女の子は〈出産母〉を命じられた。ジョナスは「敬意を払われない任命」という母の言葉を思いだした。

けれど、〈委員会〉の選択は正しいはずだ。インゲルはいい子だが、いくぶん怠惰《たいだ》なところがある。でも体は丈夫《じょうぶ》だ。きっと短い訓練の後、三年間を気ままに過ごすことができて喜ぶだろう。そして難《なん》なく出産という仕事をこなすだろう。その後の〈労働者〉としての仕事は彼女の丈夫さにぴったりだし、それによって健康を保《たも》てるうえ、自分を律《りっ》することにもなる。席に戻ったインゲルは笑みを浮かべていた。〈出産母〉は重要な仕事なのだ、かりに名誉《めいよ》と無縁《むえん》だとしても。

ジョナスはアッシャーがそわそわしだしたのに気づいた。頭を揺らし、ジョナスのほうを何度も振りかえっている。しまいにはグループのリーダーから、前を向いてじっとしていろ、と身ぶりで注意された。

〈三番〉のアイザックは〈六歳〉の〈教官〉を任命された。アイザックは見るからにうれしそうだったし、実際彼にふさわしい任命だった。さて、これで三つの〈任命〉が言い渡されたことになる。どれもジョナスが就きたい仕事ではなかった――〈出産母〉にはなりたくたってなれないや、と気づいてジョナスはおかしくなった。心の中で、残された〈任命〉の一覧表《いちらんひょう》を整理してみる。しかし、多すぎて無理だった。とにかく、次はアッシャーの番だ。ジョナスは息を詰《つ》めて親友がステージに上がるのを見守った。アッシャーはコチコチに緊張して〈主席長老〉のそばに立った。

〈主席長老〉が語りはじめた。「わたくしたちコミュニティの市民全員、アッシャーにはどんなに楽しませてもらったでしょう」

アッシャーははにかんで、片足でもう一方の足を掻《か》いた。観衆はそっと含み笑いをした。

「委員会がアッシャーの〈任命〉について検討を始めた時、いくつかの可能性はただちにうち消されました。明らかにアッシャーにふさわしくなかったからです。たとえば――」と、〈主席長老〉はほほえみとともに言った。

「アッシャーを〈三歳〉の〈教官〉に指名する案は一度も挙がりませんでした」

観衆は大《おお》いに笑った。アッシャーも恥ずかしそうに笑ったが、注目を浴《あ》びてうれしそうでもあった。〈三歳〉の〈教官〉は子どもたちに言葉の正しい用法を習得させせなければならないので、たしかにアッシャーには向かない。

〈主席長老〉は含み笑いをしながら続けた。

「実際、ずっと昔アッシャーを受けもった〈三歳〉の〈教官〉を、さかのぼって罰するべきだろうかという考えが頭をかすめたくらいです。アッシャーのことが話しあわれた会議では、数々のエピソードが改《あらた》めて語られました。みな、彼が言葉を習得する日々のことを思い起こしたのです。とりわけ」

そこで彼女はクスクス笑って、言った。

「『おやつ《スナック》』と『ぶって《スマック》』の言いまちがいは傑作《けっさく》でしたね。覚えていて？　アッシャー」

アッシャーはしょんぼりとうなずいた。ジョナスを含め、観衆は大声で笑った。思いだすなあ、まだぼく自身、たった〈三歳〉だったけれど。

幼い子どもへのお仕置《しお》きは、懲罰棒《ちょうばつぼう》で、たたく力を調節して行われた。この懲罰棒は細くてよくしなる武器で、打たれるとヒリヒリと痛んだ。〈保育《ほいく》〉の専門家たちは入念《にゅうねん》に懲罰方法の訓練を積《つ》んでいた。たとえば、両手を交互に軽く、すばやく打つのは軽微《けいび》な不作法に対する懲罰。素足《すあし》を三回鋭く打つのは二度目の違反に対する懲罰だった。

かわいそうにアッシャーは、幼いころから、いつも早口で言葉をとりちがえてしゃべる癖《くせ》があった。〈三歳〉のある日、一〇時のおやつをもらうのに並んでいる時、ジュースとクラッカーが欲しくてたまらず、「おやつ」のかわりに「ぶって」と言ってしまったのだ。

ジョナスの頭に光景があざやかに浮かんだ。小さなアッシャーの姿がまざまざと見える。列に並びながら待ちきれずに体を揺すっている。元気な声が叫ぶ。

「ぶってちょうだい！」

ジョナスを含め、ほかの〈三歳〉たちがいらついた笑いとともに言う。

「おやつ！『おやつちょうだい』だろ、アッシャー！」

しかし時すでに遅し。言葉を正確に用《もち》いることは、幼い子どもが学ぶべき最も重要な課題なのであり、アッシャーはたしかに「ぶってほしい」と告げたのだ。

〈保育係〉の手に握られた懲罰棒がうなり、アッシャーの手に振りおろされる。打たれたアッシャーはすすり泣き、ちぢこまってただちに自分の誤《あやま》りを正した。「おやつちょうだい」。蚊《か》の鳴くような声だった。

けれども翌朝になると、アッシャーはまた同じ過《あやま》ちを犯すのだった。そして翌週も。ささいな過ちにもそのつど懲罰棒が振りおろされたが、アッシャーの言いまちがいは止《や》む気配《けはい》を見せなかった。手ひどい打擲《ちょうちゃく》がさんざん続いた果《は》てに、アッシャーの脚《あし》には痛々《いたいた》しい跡《あと》が残った。ついにある期間、〈三歳〉のアッシャーは話すのをすっかりやめてしまった。

〈主席長老〉が話を続けた。「しばしの間、アッシャーは黙りこくってしまいました！　でも、彼は学習したのです」

彼女はほほえみを浮かべながらアッシャーのほうを向いた。

「彼が再び話しはじめた時には、きわめて正確な言葉づかいになっていました。今では、つまらない言いまちがいはほとんどなくなっています。彼はいつもすぐに誤りを正し、謝罪します。そして、アッシャーのユーモアのセンスはつきることがありません」

観衆はいっせいにうなずいて同意を示した。アッシャーのほがらかな性格は、コミュニティの全員が知るところだった。

「アッシャー」と、〈主席長老〉は声のトーンを上げ、公式の告知が始まることを示唆《しさ》した。

「あなたを〈レクリエーション副監《ふくかん》〉に任命します」

〈主席長老〉は、晴《は》れやかな様子でかたわらに立っているアッシャーの胸にバッジを付けた。アッシャーは声援の中、回れ右をしてステージを降りた。席に戻った彼を〈主席長老〉は壇上から見つめ、祝福の言葉をかけた。それは今日すでに四度目であり、新しい〈一二歳〉全員に贈られる言葉ではあったが、そのたびごとに一人ひとりへの〈主席長老〉の思いがこめられていた。

「アッシャー。あなたの幼年時代に謝意《しゃい》を表《ひょう》します」

〈任命〉は続いていた。ジョナスはじっと目と耳をこらしていたが、親友がすばらしい〈任命〉を得たことに安堵《あんど》した。しかし、自分の番が近づくごとに不安がつのった。前列の新〈一二歳〉たちはみなバッジをもらい、それぞれ自分のバッジを指でもてあそんでいる。これから始まる訓練のことを考えているのだろう。なかには――〈医師〉になった勉強好きな男子、〈技師〉を任命された女子、〈司法局〉配属の女子など――厳しい訓練と勉強の年月が待っている子もいる。〈労働者〉や〈出産母〉となった子たちは、もっと短い訓練期間ですむだろう。

左に座っていた〈一八番〉のフィオナが呼ばれた。ジョナスは彼女がナーバスになっているにちがいないとわかっていた。しかしフィオナは冷静な女の子だった。〈儀式〉の間じゅう、静かに落ちついた様子で座っていた。

フィオナが〈老年者の介護係〉という重要な〈任命〉を言い渡された時には、拍手さえも、熱のこもったものではあったが静けさを感じさせた。この〈任命〉は、フィオナのような感受性の鋭い、心の優しい少女にはぴったりだった。フィオナは満ち足りた様子でほほえみを浮かべ、ジョナスの横に戻った。

ジョナスはステージに上がる心がまえをした。フィオナへの拍手が止み、〈主席長老〉が新しい書類をとりあげ、次に呼ぶべき〈一二歳〉を探してグループの子どもたちを見下ろす。自分の番が来た今、ジョナスの心は落ちついていた。深呼吸《しんこきゅう》をして、手で髪を整える。

「〈二〇番〉」という声がはっきりと聞こえた。「ピエール」

とばされた。ジョナスは衝撃《しょうげき》とともに悟《さと》った。聞きまちがえたのか？　いや、ちがう。群集《ぐんしゅう》が一瞬にして静まりかえり、ここにいる全員が、〈主席長老〉が間を空《あ》けて〈一八番〉から〈二〇番〉に飛んだのに気づいたことがわかった。右に座っていたピエールが驚愕《きょうがく》の面持ちで席を立ち、ステージへと向かった。

何かのまちがいだ。〈主席長老〉がミスしたのだ。しかし、そうでないことをジョナスはわかっていた。〈主席長老〉が、それも〈一二歳の儀式〉でミスを犯すなど、ありえなかった。

めまいがした。集中することができない。ピエールが何の〈任命〉を得たのかもわからなかった。おぼろげに拍手が聞こえ、バッジを胸にしたピエールが席に戻ったのだけはわかった。そして〈二一番〉、〈二二番〉が続く。

〈任命〉の授与は番号順に粛々《しゅくしゅく》と進んでいった。ジョナスは放心《ほうしん》して座っていた。やがて〈三〇番〉代、〈四〇番〉代がすみ、儀式は終わりに近づいた。どの番号の時もジョナスの心臓は一瞬跳《は》ねあがり、とっぴな考えが頭をかすめた。次はぼくが呼ばれるはずだ、ぼくはきっと自分の番号をかんちがいしていたんだ――そんなはずはない。ぼくはこれまでずっと〈一九番〉だった。現《げん》に、こうして〈一九番〉の席に座っているではないか。

けれども、〈主席長老〉は彼をとばした。グループの仲間たちがこちらを凝視《ぎょうし》しているのがわかった。みなきまり悪そうな顔をして、彼と目が合うとさっと視線《しせん》をそらした。リーダーが心配そうにこちらを見ていた。

ジョナスは肩を落とし、座席に小さく身をかがめようとした。穴があったら入りたかった。この場から消えてしまいたかった。ましてや、振りむいて群集の中に両親の顔を見る勇気はなかった。二人ともきっと恥ずかしさでうつむいているだろう。

ジョナスはうなだれて自分に問いかけた。ぼくはどんな過ちを犯したというのだろう?

8

観衆は明らかに落ちつかない様子だった。最後に〈任命〉を授与された子に拍手が送られたが、その音はまばらで、もはや会場一体となった熱狂の渦《うず》は去っていた。後には、人々の困惑したささやき声が残った。

ジョナスも両手を打ちあわせたが、それはもう機械的で意味のない動きにすぎず、意識すらしていなかった。儀式の前に抱いていた感情はすべて心から消え去っていた。期待、興奮、誇り、そして友情の喜びさえ。今ジョナスの心を占めているのは、屈辱と恐怖だけだった。

〈主席長老〉は不安げな拍手が静まるのを待ち、再び話しはじめた。

「わかっております。みなさんが心配なさっていることを。わたくしがミスをしたと思っておられることを」彼女はよく響く上品な声でそう告げると、ほほえんだ。

コミュニティの人々は、〈主席長老〉の優しい言葉にほんの少し不安をやわらげられ、ようやく息をついたかのようだった。会場は静まりかえっていた。

ジョナスは顔を上げた。

「みなさんにご心配をおかけしてしまったことをおわびします」という〈主席長老〉の声が観衆の頭上《ずじょう》に響くと、人々はいっせいに唱和《しょうわ》した。

「〈主席長老〉、あなたの謝罪をうけいれます」

やがて彼女はジョナスを見下ろして言った。

「ジョナス。あなたには特にあやまらねばなりません。苦しめてしまって申しわけなかったですね」

「謝罪をうけいれます、〈主席長老〉」ジョナスは震える声で答えた。

「ステージにお上がりなさい」

その日の朝、ジョナスは家で支度《したく》しながら、かっこよく自信に満ちた歩きかたを練習した。自分の番が来たらさっそうとステージに上がりたかったからだ。いまやそれもすべて忘れてしまった。今はただもう、立っていられるだけでいい。重い足をぶざまにでも動かして前に進み、段を登って演壇を横切り、〈主席長老〉のそばまでたどりつければよかった。

〈主席長老〉は、励《はげ》ますようにジョナスのこわばった肩に腕を回した。

「ジョナスはまだ任命を受けていません」彼女が群集に向かって告げると、ジョナスの心は重く沈んだ。

〈主席長老〉は続けた。

「ジョナスは、選ばれた人間なのです」

ジョナスは目をしばたたいた。どういうことだ？　会場中の、もの問いたげな困惑が伝わってきた。みながとまどっていた。

決然とした威厳《いげん》のある声で〈主席長老〉は告げた。

「ジョナスはわたくしたちの、次なる〈記憶の器《レシーヴァー》〉に選ばれたのです」

観衆がはっと息を呑《の》むのがわかった——みな、信じがたいという思いにかられたのだろう。人々の顔を見ると、その目は何かを畏《おそ》れるかのように見開かれていた。

けれど、ジョナスは依然《いぜん》として事態を理解できずにいた。

「こうした選抜はきわめて異例のことです」と、〈主席長老〉は観衆に語りかけた。

「わたくしたちのコミュニティに〈レシーヴァー〉はつねに一人です。そして、〈レシーヴァー〉は自分の手で後継者を養成《ようせい》します。現在のわたくしたちの〈レシーヴァー〉は、とても長いことこの任務に就いてきました」

〈主席長老〉の視線を追うと、その先に〈長老〉の一人がいた。〈長老委員会〉の面々《めんめん》がひとかたまりに座っている中で、〈主席長老〉の目は真《ま》ん中《なか》の一人に注《そそ》がれていた。彼だけがなぜか、ほかの長老たちから切り離されているように見えた。ジョナスは彼を見たことがなかった。あごひげを生やした、明るい瞳の男性だった。彼はジョナスを一心《いっしん》に見つめていた。

〈主席長老〉がおごそかに告げた。

「前回の選抜は失敗でした。一〇年前のことです。その時ジョナスはまだ幼い子どもでした。わたくしはもう、この失敗についてくよくよ考えたくありません。そんなことをしてみても、みながひどく不快になるだけですからね」

ジョナスは彼女が何を言っているのかわからなかった。しかし、観衆がいやな気分になっていることはわかった。人々はみな不安げに椅子の上でもじもじしていた。

「今回は決定を急ぎませんでした。もはや失敗は許されないからです」

〈主席長老〉は観衆の緊張をやわらげようとして声のトーンをやや落とし、さらに続けた。

「わたくしたちは、〈任命〉について完璧な決断を下《くだ》せるわけではありません。このうえなく入念に観察を続けた場合でもそうなのです。時には、指名した者が、訓練を受けても必要な資質《ししつ》を開花《かいか》させることができないのではないか、と不安になることだってあります。〈一一歳〉はまだ子どもですもの、けっきょくのところ。ある子に陽気さと忍耐《にんたい》強さを見てとったとしても――〈養育係〉に必要な資質ですね――、成長にしたがってそれがたんなる愚《おろ》かさや無精《ぶしょう》にすぎないことが明らかになることもあるのです。ですから、訓練の間もずっと観察を続け、必要があれば行動を修正《しゅうせい》するのです。

けれど、訓練中の〈レシーヴァー〉は観察を受けませんし、行動を修正されることもありません。これは規則にも明文化《めいぶんか》されています。新たな〈レシーヴァー〉はいつも一人で、人々から離れて、現在の〈レシーヴァー〉の手で養成されるのです。コミュニティで最も名誉ある仕事を習得するために」

一人で？　みんなから離れて？　ジョナスは聞くごとに不安をつのらせていった。

「したがって、選抜は適切に、〈委員会〉の満場一致《まんじょういっち》の決議《けつぎ》を得て行われなければなりません。ほんのわずかでも疑念《ぎねん》があってはならないのです。もし観察の過程で、〈長老〉の誰かから不安な夢の報告があった場合、その夢は候補者をただちに選抜から除外《じょがい》する力をもちます。ジョナスの名が〈レシーヴァー〉候補として挙がったのは、もう何年も前のことです。以来わたくしたちは、彼を注意深く観察してきました。不安な夢は発生しませんでした。そして彼は、〈レシーヴァー〉に必要なあらゆる資質を示していたのです」

まだしっかりとジョナスの肩を抱いたまま、〈主席長老〉はジョナスの資質を数えあげていった。

「まず知性。ジョナスが各学年を通じてトップの成績を修《おさ》めてきたことは周知《しゅうち》の事実です。次に正直さ。ジョナスはわたくしたち全員と同様に、軽微な規則違反を犯したことがあります」

そう言うと彼女はジョナスにほほえみかけた。

「違反そのものは、予想していたことでした。わたくしたちが同時に望んでいたのは、彼がすぐに違反を申告し、潔《いさぎよ》く罰を受けることでした。そしてこの期待は決して裏切られることがありませんでした。

そして勇気。今日ここに集まった人々の中で、〈レシーヴァー〉になるための厳しい訓練を経験した者はたった一人です。それは言うまでもなく、〈委員会〉の最も重要なメンバーでもある現在の〈レシーヴァー〉です。彼は、わたくしたちにくりかえし思いださせてくれるのです、勇気をもつことの大切さを」

〈主席長老〉はジョナスのほうを向いて、しかしコミュニティ全体に聞こえるように言った。

「あなたがこれから受ける訓練は、痛みをともなうものです。それも肉体的な痛みを」

ジョナスは恐ろしさにおののいた。

「その痛みは、あなたが経験したことのないものです。たとえば、自転車で転んでひざをすりむくことくらいはあったでしょう。去年はドアに指を挟《はさ》んでけがをしましたね」

ジョナスはうなずいた。その出来事を思いだすと苦痛がよみがえった。

〈主席長老〉は優しい声で説明した。

「けれども、あなたがこれから直面するのは、ここにいる誰も理解できないほど大きな痛みなのです。それはわたくしたちの経験の範囲《はんい》をはるかに超《こ》えています。〈レシーヴァー〉自身ですら、どのような痛みかを表現できないのです。彼はただ、あなたがその痛みに立ち向かわなければならないこと、あなたがこれからはかりしれないほどの勇気を必要とするのだということを、わたくしたちに教えてくれるだけです。わたくしたちはあなたのために、何も用意してあげられないのです。

でもわたくしたちは、あなたが勇敢《ゆうかん》であることを固《かた》く信じています」

ジョナスは思った。ぼくはそんな大《だい》それた勇気などもちあわせていない、少なくとも今は。

「四番目の必須《ひっす》の資質は」と〈主席長老〉は続けた。

「叡智《えいち》です。ジョナスはまだこれを手にしていませんが、訓練を通して身につけることになるでしょう。あなたにはまちがいなく、叡智を手にする力があるのです。そして、叡智こそ、わたくしたちの探し求めているものなのです。

最後に、〈レシーヴァー〉にはもう一つの資質が必要です。わたくしには、それを名づけることはできても、どんなものなのか説明することはできません。理解できていないからです。コミユニティのみなさんも同様でしょう。

けれど、おそらくジョナスは理解できるようになります。現在の〈レシーヴァー〉が語ってくれたのです。ジョナスはすでにその資質を有《ゆう》している、と。彼はそれを〈彼方《かなた》を見る力〉と呼んでいます」

〈主席長老〉はジョナスをもの問いたげな目でひたと見つめた。観衆も彼を凝視していた。誰も、ひとことも発しなかった。

一瞬、ジョナスの体は凍《こお》りついてしまった。絶望にうちひしがれていた。ぼくはもっていない、彼女が言ったものが何であろうと。ぼくには何のことかわからない。今しかない、告白しなければ。「いやです、できません」と言うのだ。そして人々の慈悲《じひ》にすがり、許しを請《こ》うのだ。これはまちがった選抜だ、自分は断じて選ばれるべき人間ではないと、みんなに説明しなければ。

しかし、人の群れに目をやり、一面の顔を見渡した時、あれがまた起きた。リンゴに起きたあの出来事が。

人々が変化した。

まばたきをすると、それは消え去っていた。ジョナスはわずかに肩を起こした。つかの間だが、彼の中に初めて、ごくかすかな確信が芽《め》ばえた。

〈主席長老〉も観衆も、彼を注視しつづけていた。

「そうなんだと思います」ジョナスは〈主席長老〉とコミュニティの人々に向かって告げた。「ぼく自身、まだ理解できてはいないんです。それが何なのかわからない。でも時々、何かが見えます。それが、『彼方のこと』なのかもしれません」

〈主席長老〉はジョナスの肩から手を離し、彼だけでなく、彼が属するコミュニティ全体に語りかけた。

「ジョナス。あなたはこれから、次の〈記憶の器《レシーヴァー》〉になるための訓練を受けるのです。あなたの幼年時代に謝意を表します」

そして彼女は身をひるがえし、ステージを降りた。ジョナスはひとり壇上にとり残された。群集に向かって立ちすくんでいると、誰からともなく、みなが彼の名前をつぶやきはじめた。

「ジョナス」――はじめは、低く抑《おさ》えたささやきがかろうじて聞きとれるだけだった。

「ジョナス。ジョナス」

やがて声は大きく、速くなっていった。「ジョナス。ジョナス。ジョナス」

詠唱《えいしょう》の声を聞きながら、ジョナスは理解した。コミュニティは彼の存在と新たな役割を承認し、彼に生命を与えつつあるのだ。ちょうどニュー・チャイルドのケレイブに新たな生命を与えたのと同じように。ジョナスの心は感謝の気持ちと誇りでいっぱいになった。

しかし、同時に恐れが彼の心を満たした。わからない、ぼくが選ばれたことは何を意味するのか。ぼくは何になろうとしているのか。

あるいは、ぼくはいったいどうなるのか。

9

今、一二年の生涯で初めて、ジョナスは自分が切り離された存在であり、人とちがうのだと感じていた。〈主席長老〉の言葉が頭によみがえった。彼はたった一人で、人々と離れて訓練に臨《のぞ》まなければならないのだ。

訓練はまだ始まってはいない。けれども〈大講堂〉を後にしながら、ジョナスはすでに、人々から切り離されていると感じていた。〈主席長老〉から渡された書類を手に、ジョナスは人だかりを押し分け、自分の家族ユニットとアッシャーを探した。人の波が彼をよけるようにわきへ退《ひ》いていく。みな彼を見つめていた。人々のささやきが聞こえたように思った。

「アッシュ！」ジョナスは友を見つけて呼びかけた。アッシャーは自転車の列のところにいた。

「いっしょに帰ろうぜ」

「おう」アッシャーは笑顔で答えた。いつもと変わらない、友情と親密《しんみつ》さに満ちた笑顔だった。

しかしジョナスは、友の顔に一瞬のためらいと不安が浮かんだように思った。

「おめでとう」と言うアッシャーに、ジョナスは「きみも」と答えた。

「おかしかったよな、〈主席長老〉が『ぶって《スマック》』の話を持ちだしてさ。アッシュの時が一番拍手が大きかったぜ」

ほかの新〈一二歳〉たちも近くに集まっていた。みな書類を大事そうに自転車の後ろの籠に入れている。今夜は誰もが家で、訓練開始にあたっての注意事項《じこう》を熟読《じゅくどく》するのだろう。これまでずっと子どもたちは、夜、宿題の暗記《あんき》をしながらあくびを連発《れんぱつ》していたけれど、今晩はいつもよりずっと暗記に熱心になるだろう。何しろ、これからの人生がかかった〈任命〉についての規則なのだから。

「おめでとう、アッシャー！」誰かが祝福の言葉を投げかけた。またしてもためらいの一瞬があってから、「ジョナス、きみも！」という声が聞こえた。

アッシャーとジョナスはグループの仲間たちに祝いの言葉を返した。ふと気づくと、両親が駐輪場からこちらを見ていた。リリーはすでに後部座席にベルトで体を固定されていた。

ジョナスが手を振ると、両親もほほえみながら手を振りかえした。リリーはしかつめらしい顔をして、親指を嚙《か》みながらこちらを見ていた。

ジョナスはまっすぐ家に向かって自転車をこいだ。道中《どうちゅう》、アッシャーとはたわいない冗談をかわし、あたりさわりのない話をしただけだった。

「また明日な、〈レクリエーション監〉どの！」ジョナスは家の前で自転車を降り、アッシャーを見送った。

「おう！　またな！」アッシャーが答えた。再び、一瞬だが、すべてが以前とすっかり同じではないこと、長年にわたる友情の中で初めての変化が感じられたような気がした。気のせいだ。何も変わりはしない、アッシャーにかぎって。

夕食のテーブルはいつもより静かだった。リリーだけは、自分の計画についてまくしたてていた——奉仕活動はね、〈養育センター〉から始めるわ。だってあたし、ゲイブリエルの食事の世話じゃ、もうベテランだもの。

父が目で警告すると、リリーは急いでつけたした。

「わかってる。あの子の名前はぜったい言わないわ。あたしが知ってたらおかしいものね。ああ、早く明日になればいいのに」

うれしそうに言う妹を横目《よこめ》に、ジョナスは不安な気持ちでためいきをつき、つぶやいた。

「明日なんか来なけりゃいい」

「あなたはすばらしい名誉を与えられたのよ。お父さんも私も、心から誇りに思っているわ」と母が言った。

すると父も言葉を添えた。「コミュニティで一番大切な仕事だよ」

「だって、ついこないだは〈任命〉が一番だいじな仕事だって言ってたじゃないか！」

母がうなずいて答えた。「これはちがうのよ。仕事じゃないの、実際にはね。考えたこともなかったわ。思ってもみなかった——」母はそこで言葉に詰まった。

「〈レシーヴァー〉はたった一人なのよ」

「でも〈主席長老〉は、前に選抜があったって、それが失敗したって言ったよ。何のことなの?」

父も母もためらっていた。ようやく父が、前回の選抜について説明を始めた。

「今日とまったく同じだったんだよ、ジョナス。同じように会場は不安に満ちていた。一人の〈一一歳〉が、〈任命〉で順番を飛ばされた。そうして告知があり、その子が選びだされた——」

ジョナスは父の話をさえぎった。「彼、何て名だったの?」

母が答えた。「彼じゃなく、彼女よ。女の子だったの。でも、その子の名前は口にしてはいけないし、その名前をニュー・チャイルドに与えてもいけないの」

ジョナスは衝撃を受けた。名前が〈口にするなかれ〉とされることは、最大級の不名誉を意味していたからだ。

「その子、どうなったの?」ジョナスは不安な思いでたずねた。

しかし、両親は無表情だった。

「わからない」父が困った顔になって言った。「それきり彼女の姿を見ていないんだ」

部屋が静まりかえった。家族は互いの顔を見やった。ついに母が席を立って言った。

ロイス・ローリー作　戦慄の近未来小説シリーズ

〈ギヴァー４部作〉 ***Giver Quartet***

好　評　既　刊

訳：島津やよい

〈ギヴァー四部作〉**1**

ギヴァー　記憶を注ぐ者

ジョナス，12歳。職業，〈記憶の器〉。
彼の住む〈コミュニティ〉には，
恐ろしい秘密があった――
世界中を感動で包んだニューベリー受賞作が
みずみずしい新訳で再生。

四六判ハードカバー　256頁　1575円
ISBN978-4-7948-0826-4

〈ギヴァー四部作〉2

ギャザリング・ブルー
青を蒐《あつ》める者

足の不自由な少女キラ。
天涯孤独の身となった彼女を待っていたのは，
思いもかけない運命だった――
創造性をみずからの手にとりもどそうとす
少女の静かなたたかいがはじまる。

四六判ハードカバー　272頁　1575
ISBN978-4-7948-0930-

＊表示価格：消費税5%込定価

〈ギヴァー 4 部作〉続刊情報（邦訳未定）

◎原作では，『ギヴァー』『ギャザリング・ブルー』に下記の 2 冊を加えた 4 作がシリーズ化されています。

Giver Quartet 3

Messenger（メッセンジャー）　叡智ある者の指導のもと，人びとがたがいに支えあい，平和に暮らす「村」。不思議な力をもつ少年マティは，眼のみえない男性と暮らしている。村の周囲には村人の恐れる森が広がっていた。あるとき，不吉な変化があらわれ，村の境界は固く封鎖されてしまう。マティは村の外にいる旧友キラと再会するため森に入るが…。『ギャザリング・ブルー』と『ギヴァー』の登場人物が出逢い，物語の輪がいったん閉じられる。

Giver Quartet 4

◎**Son（息子）**　少女クレアは 13 歳になると〈器〉の任務をあたえられ，14 歳で〈産品〉を身ごもった。やがて生まれた男児の〈産品〉は，知らぬまにつれさられてしまう〈器〉は〈産品〉のことを忘れるよう義務づけられていた。しかし，クレアにはそれができなかった。彼女は決心する――たとえ行く手になにが待ちうけていようとも，自分の〈息子〉をさがすと。『ギヴァー』以来の〈善と悪〉をめぐる苛烈で壮大な物語が，ついに真の完結をむかえる。

株式会社 新評論

〒169-0051　東京都新宿区西早稲田 3-16-28

Tel：03-3202-7391　Fax：03-3202-5832

E-mail：shrn@shinhyoron.co.jp

Twitter：shin_hyoron

「あなたはすばらしい名誉を与えられたのよ、ジョナス。最高の名誉を」

寝室でひとりベッドを整えてから、ジョナスはようやく書類入れを開けた。彼が気づいたところでは、〈一二歳〉の中には、印刷された紙でぎっしりのぶあつい書類入れをもらった子もいた。ベンジャミンのことが頭に浮かんだ。科学の才《さい》に恵《めぐ》まれたベンジャミンは、今ごろ規則と指示でいっぱいのページを楽しげにめくっていることだろう。フィオナの姿も思い描いた。きっと優しいほほえみを浮かべて身を乗りだし、今後身につけるべき職務《しょくむ》や手順のリストに見入っていることだろう。

ところがジョナスの書類入れは、驚くほどからっぽ同然だった。中にはたった一枚、印刷された紙が入っているだけだった。ジョナスはそれを二度読んだ。

ジョナス　〈記憶の器《レシーヴァー》〉

一　毎日学校が終わったら、ただちに〈老年の家〉の裏にある〈別館《べっかん》〉入口へ出頭《しゅっとう》すること。

二　毎日〈訓練の時間〉が終わったら、ただちに帰宅すること。

三　今この瞬間から、あなたは不作法をとりしまる規則の適用から除外される。どの市民にどのような質問をしてもかまわないし、つねに答えを得られるだろう。

四　訓練については、コミュニティの誰とも話しあってはならない。両親や〈長老〉たちも例外ではない。

五　今この瞬間から、夢告白を禁ずる。

六　訓練にかかわりのない病気やけが以外で、薬物《やくぶつ》を使用してはならない。

七　解放の申請をしてはならない。

八　嘘《うそ》をついてもよい。

ジョナスはびっくりした。友だちづきあいはどこに行ってしまったのか？　ボール遊びをしたり、川沿いを自転車で走ったりするたわいのない時間は？　こうした、彼にとって幸せな、生き生きした時間は、もはやすべて奪い去られてしまうのか？　彼に命じられているのは単純な移動の指示――いついつ、どこへ行け――だけだった。もちろんすべての〈一二歳〉は、訓練にあたって、いつ、どこに、どうやって出頭すべきか知らされている必要があった。けれど、それにしてもがっかりだった。彼の日程にはどう見ても、レクリエーションの時間がまったく残されていなかったからだ。

不作法を許されるという文言《もんごん》にはぎょっとした。だがもう一度読んでみて、だからといって不作法なことをしなければいけないわけではないと気づいた。要するに、選択の自由が与えられているというだけのことだ。そしてジョナスは、自分がそれをいいことに不作法なふるまいをするわけがないと確信していた。徹頭徹尾《てっとうてつび》、コミュニティ内での礼儀作法《れいぎさほう》に慣れ親しんでいたジョナスにとって、誰かにぶしつけな質問をしたり、気まずい話題に人の注意を引いたりすることは、考えただけでもぞっとすることだったのである。

夢告白を禁じられたのは大した問題ではなかった。めったに夢を見なかったから、この日課はどちらにせよ彼にとって楽ではなかったし、免除されて喜んだくらいだった。けれども少し心配になったのは、朝食の時間にどうふるまうかだった。もし夢を見た場合――家族ユニットに、たいていそうしているように「ゆうべも見なかった」と告げればよいのか？　それだと嘘をつくことになる。でも、最後の規則では……いや待て、まだ最後の規則を検討するには心の準備ができていない。

薬物の制限には不安を覚えた。すべての市民はいつでも薬を利用することができた。子どもたちも親の手を介《かい》して薬物治療を受けた。ドアに指を挟んでけがをした時、ジョナスはすぐにスピーカーにとりついて声を上げ、母の助けを求めた。母はあわてて痛み止めを要請し、ただちに薬が家に届けられた。たちまち指の激痛《げきつう》は治《おさ》まり、ズキズキする痛みに変わった。この出来事で今も記憶に残っているのは、その鈍い痛みだけだった。

六番目の規則を読みかえしてジョナスは気づいた。指のけがは「訓練にかかわりのない病気やけが」に分類される。だから、もしまたやったとしても――絶対にないとは思う、あれ以来、重たいドアのそばではすごく気をつけているから！――、ちゃんと薬を使うことができるのだ。毎朝飲んでいる錠剤も、訓練には関係ない。だから服用しつづけてかまわないはずだ。

そこまで考えて、不安な気持ちとともに〈主席長老〉の言葉を思いだした。彼女は訓練に痛みがともなうことを語り、それを「表現できない痛み」と呼んだのだった。

信じられなかった。想像してみようとしたがうまくいかなかった。どのような痛みなのだろう。しかも治療さえ許されないという。これは彼の理解を超えていた。

七番目の規則には反応のしようがなかった。どのような状況下《じょうきょうか》であれ、自分が解放を申請するなどとは、どうしても思えなかったのである。

最後に、ジョナスは勇気を出して八番目の規則を読みかえした。幼少時《ようしょうじ》、言葉を学びはじめたころから、ジョナスは教えこまれてきた――嘘をついてはいけないと。それは正確な話法を学ぶうえで不可欠の条件だった。〈四歳〉の時に一度、ちょうど昼の給食の前に言ってしまったことがある。「ぼく飢《う》えてる！」

ただちに彼は呼びだされ、言葉の正しい使いかたについて短い個人レッスンを受けさせられた。あなたは飢えてはいない、とかれらは指摘した。

「あなたはお腹がすいているのです。コミュニティでは誰も飢えてはいません。かつて飢えたこともないし、今後も飢える人はいません。『飢えている』と言えば、嘘をつくことになります。もちろん、故意《こい》についた嘘ではないでしょう。けれども、あなたがたが言葉の正しい用法を学ぶ理由は、まさに『故意でない嘘』を決してつかないようにするためなのです。わかりましたか？」

かれらは念《ねん》を押した。ジョナスは理解した。

記憶するかぎり、嘘をつこうと思ったことなど一度もなかった。アッシャーも嘘などつかない。リリーだって、両親だってそうだ。誰も嘘をつく人などいない。ただし……

ジョナスは、それまで考えもしなかったことに思い至《いた》った。この新しい考えは彼をぞっとさせた。もしほかの人たちも――今の大人たちも――、〈一二歳〉になった時、自分たちへの指示の中に、同様の恐ろしい一文を見たのだとしたら？

もしすべての人が、「嘘をついてもよい」という指示を受けていたとしたら？

ジョナスの心は揺れた。ぼくはもう、最も不作法な質問をすることを許されている――しかも必ず答えが返ってくるという。たずねてもいいのだ、考えられるかぎりでは（ほとんど想像を絶《ぜっ》することだけれど）。誰か大人に、たとえば父にでもいい、「嘘をつくことがあるの？」と。

しかしジョナスには、返ってきた答えが真実かどうかを知るすべはないのである。

10

「あたしこっちだから、ジョナス」フィオナが言った。自転車を所定《しょてい》の場所に止め、〈老年の家〉の正面玄関までいっしょに歩いてきたのだった。

「どうしてかしら、何だか緊張してるの」彼女はうちあけた。

「ここへはしょっちゅう来てたのにね」そう言って書類をぱらぱらめくっている。

「そうだね。何もかも、今までとはちがうんだよ」ジョナスは答えた。

「自転車の名札さえね」フィオナは笑った。夜のうちに新〈一二歳〉たちの名札はすべて〈整備《せいび》班《はん》〉によってはずされ、訓練中の市民であることを示すものに替えられていた。

「遅刻したくないわ」フィオナはあわてて言うと、階段を登りはじめた。

「もし終わる時間が同じだったら、いっしょに帰りましょ」

ジョナスはうなずいて手を振り、建物を回って〈別館〉へと向かった。それは〈老年の家〉の後ろに付属《ふぞく》している小さな棟《とう》だった。ジョナスももちろん、訓練の初日に遅刻するのはいやだった。

〈別館〉はごくありふれた外観《がいかん》で、ドアも平凡なものだった。重そうな取っ手《とって》に手をかけたが、すぐ壁のブザーに気づいてそれを押した。

「はい」ブザーの上の小さなスピーカーから声が聞こえた。

「あの、ええと、ジョナスです。新しい――その、つまり――」

「お入りください」カチッという音がして、ドアの掛け金《かけがね》がはずされた。

ロビーはとても狭く、机が一つ置いてあるだけだった。女性の受付係が座って書類を処理《しょり》していた。ジョナスが入っていくと彼女は顔を上げ、驚いたことに立ちあがった。それ自体はささいなことだが、ジョナスは自分の姿を見て自動的に起立する人など見たことがなかった。

「ようこそ、〈記憶の器《レシーヴァー》〉」彼女はうやうやしく告げた。

「そんな、お願いですから」ジョナスは居心地《いごこち》の悪い思いで答えた。

「ジョナスって呼んでください」

彼女はほほえむとボタンを押した。するとカチリと音がして、彼女の左手でドアが開いた。

「そのままお進みください」

やがて彼女は、ジョナスの不安な表情を見てとり、その理由に気づいたようだった。コミュニティでは、いかなるドアも鍵《かぎ》をかけられることはない。少なくともジョナスの知るかぎりはそうだった。

「鍵をかけるのは、要するに〈レシーヴァー〉のプライヴァシーを守るためなんですわ。〈レシーヴァー〉の仕事は集中を要しますので」彼女は説明した。

「だって、気が散《ち》ってしまうでしょう。もし市民がこの中をうろうろして、〈自転車修理課《しゅうりか》〉か何かを探し回ったりしたら」

ジョナスは笑った。少しリラックスできた。彼女はとても親切な人に見えたし、実際その言葉のとおりだった。それはコミュニティ中に知られたジョークだった。〈自転車修理課〉はとるに足りない小さなオフィスで、しょっちゅう移転するので誰も場所を知らなかったのである。

「ここには危険は何もありません」彼女は言った。

「ただし」と、壁の時計をちらっと見てつけたした。「あのかたは待たされるのがお嫌《きら》いです」

ジョナスが急いでドアをくぐると、そこは居心地よく整えられたリビングルームだった。彼の家族ユニットの住居とさほどちがわないようだ。コミュニティでは、家具はすべて規格化《きかくか》されており、実用的で、丈夫で、どれも機能《きのう》が明確に決められていた。ベッドは眠るためのもの、テーブルは食事をするためのもの、机は勉強するためのもの、といったように。

そういった家具はみな、このゆったりとした部屋にもあったが、それぞれわずかに彼の家にあるものとはちがっていた。椅子やソファに張られた布は少し厚く、より上等だった。テーブルの脚《あし》は家のそれのようにまっすぐではなく、細身《ほそみ》でカーヴしており、足先は繊細《せんさい》な彫刻《ちょうこく》で飾《かざ》られていた。ベッドは部屋の奥の、壁が引っこんだところにしつらえてあり、豪華《ごうか》な布で覆われていた。布の表面は、凝《こ》ったデザインの刺繡《ししゅう》で埋《う》めつくされていた。

しかし、何より目を引くちがいは本だった。ジョナスの家にあるのは生活に必須の資料であり、どの世帯《せたい》にも備えられているもの、つまり辞書《じしょ》、ぶあついコミュニティ帳《ちょう》（あらゆるオフィス、工場、建物、委員会についての説明が載《の》っている）、そしてもちろん〈規則の書〉である。

自分の家にあるそれらの資料が、ジョナスが見たことのある本のすべてだった。ほかに本が存在するなどとは知るよしもなかった。

ところがこの部屋の壁は一面が本棚になっており、しかもすべての棚にぎっしりと、天井《てんじょう》まで本が詰まっていた。何百冊——ことによると何千冊——もの本。箔押《はくお》しされた背表紙《せびょうし》のタイトルがきらめいている。

ジョナスは本棚を凝視した。想像できなかった。こんなに、何千ものページに、いったい何が書いてあるというのだろう？　コミュニティを管理している規則を超える規則があるとでもいうのか？　オフィスや工場や委員会について、もっと詳しい説明があるのだろうか？

壁を見回せたのはわずかの間だった。ジョナスは、テーブルのかたわらの椅子に座ってこちらを見ている男性に気づいた。そこであわてて進みでると、男性の前に立ち、軽く会釈《えしゃく》して言った。

「ジョナスです」

「わかっているよ。ようこそ、〈記憶の器《レシーヴァー》〉よ」

この男性には見覚えがあった。〈長老〉の一人だ。〈儀式〉の時、同じように〈長老〉専用の服を着ているのに、ほかの〈長老〉たちから切り離されているように見えた人だった。

ジョナスはおずおずとその明るい瞳に見入った。それは彼自身の瞳とよく似ていた。

「あの、理解が足りないことをおわびします……」

ジョナスは待ったが、男性は決められた謝罪受容《じゅよう》の言葉を返してはこなかった。一拍《いっぱく》おいてジョナスは続けた。

「でも、ぼく思ったんです――いや、思うんです」

自分の言葉を正した。もし言葉の正しい用法というものが意味をもつとしたら、今がその時なのだ、この人を前にした今以外にない、と思ったのである。

「〈記憶の器《レシーヴァー》〉はあなたです。ぼくは、まだ、そのう、ただ任命されたってだけです。選ばれたのはつい昨日なんですから。ぼくはまだ何ものでもないんです、今のところ」

男性は彼を考え深げに見やった。無言だった。その顔には、興味と好奇心と心配、そしてある種《しゅ》の同情が入りまじった表情が浮かんでいた。

ついに、男性は話しはじめた。

「今日からは、この瞬間からは、少なくとも私にとっては、きみは〈レシーヴァー〉なんだ。

私は長いこと〈レシーヴァー〉を務めてきた。本当に、とっても長い間ね。わかるだろう？」

ジョナスはうなずいた。男性の顔はしわだらけで、その両目は独特《どくとく》の明度《めいど》で見る者の心を刺《さ》しつらぬいたが、疲れているようだった。目のまわりの肉は黒ずみ、影の輪《わ》を作っていた。

「だいぶお歳《とし》を召《め》していらっしゃるとお見受《みう》けします」ジョナスは敬意をこめて言った。〈老年者〉には、つねに最高の敬意を払わねばならない。

男性は笑った。自分の顔のたるんだ肉を愉快《ゆかい》そうにつまんだ。

「そんなに歳とってはいないんだよ、見かけほどはね。この仕事で老《ふ》けてしまったんだ。まるですぐにも解放されそうに見えるだろう？　だが、私にはまだまだ時間が残されている。

しかしともかく、私はきみが選ばれて本当にうれしかった。かれらにとっては一日千秋《いちじつせんしゅう》の思いだったろう。前の選抜が失敗したのは一〇年前のことだ。そして私のエネルギーは衰《おとろ》えはじめている。私は残る力のすべてを、きみの訓練に注《そそ》がねばならない。険《けわ》しく、痛みに満ちた仕事になる。きみにとっても私にとってもね。まあかけなさい」

男性はそう言うと、かたわらの椅子を手で示した。ジョナスはやわらかくクッションのきいた椅子に腰を下ろした。

男性は日を閉じたまま語りつづけた。

「私は〈一二歳〉になって、選ばれた。きみと同じようにね。心の底から怯《おび》えた。きみもそうだろう」彼は一瞬目を開け、こちらをじっと見つめた。ジョナスはうなずいた。

男性の目は再び閉じられた。

「私はまさにこの部屋へ来て、訓練を始めた。ずいぶん昔の話だ。前の〈レシーヴァー〉がひどく老けて見えた。ちょうどきみにとって私がそう見えるのと同じようにね。そして、彼は疲れていた。今日の私のようにね」

彼はだしぬけに身を乗りだし、目を開けて言った。

「何でもきいてくれたまえ。私は、このプロセスを言葉で表現した経験がほとんどない。語ることを禁じられていたからね」

「知っています。指示を読みましたから」ジョナスは答えた。

「だから、できるかぎりことがらを明確にすべきところを、おろそかにしてしまうかもしれない」

男性は含み笑いをして言った。

「私の仕事は、重要な、きわめて名誉あるものとされている。しかしそれは、私が完璧な人間であることを意味しない。後継者の養成にも失敗した。どうか、どんなことでも質問してほしい。それがきみの助けになるのなら」

心の中にはたずねたいことがたくさん、千ほども——いや、数えきれないほどあった。壁を埋めつくした本の数にも比《ひ》すべき、山ほどの質問。しかし、ジョナスはまだ一つも口にできずにいた。

男性はためいきをついた。考えを整理しているように見えた。そしてまた語りだした。

「簡単に言えば――といっても実際は少しも簡単なことではないのだが、私の仕事は、私がもっているあらゆる記憶をきみに伝達《でんたつ》することなのだ。過去の記憶をね」

ジョナスはおずおずと言った。

「すごく興味ぶかいです、あなたの人生、それにあなたの記憶についてお話をうかがうのが。……あの、お話を中断してしまったことをおわびいたします」

あわててつけたすジョナスに対し、男性はじれったそうに手を振った。「この部屋では謝罪は不要だ。われわれには時間がないんだよ」

ジョナスは、また話の腰を折ってしまっているのではと気づまりだったが、やむなく続けた。

「あの、ぼく、すごく興味あります、本当です。でも、ちゃんとはわかっていないんです、なぜそれがそんなに重要なことなのか。ぼくたちにはコミュニティの中で大人の仕事を経験する時間だってあったし、レクリエーションの時間にここへ来て、あなたの子どものころのお話を聞くことだってできたはずです。ぼくはきっと興味をもって聞いたでしょう。実際にやってもいたんですよ、〈老年の家〉で。〈老年者〉のかたは子どものころの思い出を語るのがお好きですし、いつもうかがっていて楽しかったです」

男性は首を振った。

「ちがう、ちがうんだ。私の言葉が足りなかったようだ。私の過去のこと、私の子ども時代の思い出ではないんだよ、きみに伝えるべきものは」

彼は体をそらせ、布張《ぬのば》りの椅子の背に頭をあずけた。「全世界の記憶なのだ」そう言って吐息《といき》をついた。

「きみや私の前、以前の〈レシーヴァー〉の前、さらには彼以前の何世代もの記憶だ」

ジョナスは眉を寄せた。

「全世界ですって？　何のことですか？　ぼくたちだけじゃないってことですか？　このコミュニティだけじゃないんですか？　〈よそ〉も含まれるんですか？」

ジョナスは心のうちで、その概念《がいねん》を理解しようと努めた。

「すみません、ぼくにはよくわかりません。ぼく、あんまり利口じゃないのかもしれません。理解できないんです、あなたのおっしゃる『全世界』とか、『彼以前の世代』という言葉の意味が。ぼくは、ぼくたちしかいないと思ってました。現在しかないと思ってました」

「もっともっとあるんだ。彼方《かなた》へと去っていくすべて――〈よそ〉にあるすべて――、そして前へ、前へ、果てしなく前へとさかのぼったすべてのことさ。私はそれらを全部受けとったのだよ、選ばれた時にね。そしてこの部屋で、ずっと一人で、それらの記憶を何度も何度も追体験《ついたいけん》した。

そのようにして叡智は訪れる。そうやって、われわれは未来を形づくるのだ」

彼はしばらく休み、深く息をついてから言った。「じつに重い荷物だったよ」

ジョナスは唐突《とうとつ》に、この男性のことがひどく心配になった。

「それはまるで……」男性はそこで言葉を止めた。適切な言葉を探して心の中をまさぐっているようだった。やがてようやく言った。

「深い雪の中、橇《そり》に乗って丘《おか》を滑《すべ》り降《お》りるようなものだ。はじめは気分爽快《そうかい》さ。スピードと冷たく澄《す》んだ空気。だが、しだいに橇の滑走面《かっそうめん》に雪が溜《た》まる。速度が落ちる。力いっぱい橇を押して進まなければならない。そして――」

彼はそこで突然首を振って話をやめ、ジョナスを凝視した。「このたとえは、きみには通じなかったのではないかね？」

ジョナスは困惑して言った。「はい、わからないです」

「当然だろう。きみは雪がどんなものか知らない、そうだね？」

ジョナスはうなずいた。

「橇は？　滑走面は？」

「わかりません」

「丘は？　初めて聞く言葉かね？」

「はい、そうです」

「そうか。ここが出発点だな。どこから始めるべきか悩《なや》んでいたんだよ。ベッドに移動して、うつぶせになりなさい。上着を脱いでからね」

ジョナスは多少の不安を覚えつつも指示に従《したが》った。裸の胸に、ベッドを覆う豪奢《ごうしゃ》な布のやわらかな襞《ひだ》が触れた。男性は立ちあがると、まず壁にすえつけられたスピーカーのところへ行った。各家庭にあるのと同じようなスピーカーだったが、一か所だけちがっていた。この部屋のスピーカーにはスイッチがあった。男性はそれを手際《てぎわ》よくパチンと端《はし》まで倒し、**オフ**にした。

ジョナスはあやうく声を上げそうになった。スピーカーをオフにする権限《けんげん》をもっているなんて！　驚くべきことだった。

男性は思いがけない機敏《きびん》さで、ベッドが置いてある部屋の隅へ移動し、ジョナスのわきの椅子に座った。ジョナスは身じろぎもせず、次に起きることを待ちかまえていた。

「目を閉じて、リラックスするんだ。痛みはないよ」

ジョナスは思いだした。質問してもいいのだ、というよりそう勧められているのだ。

「何をなさるのですか？」自分の声が緊張で震えていないことを祈りながら、ジョナスはたずねた。

「雪の記憶を伝達するんだよ」

歳老《としお》いた男性はそう言うと、ジョナスの裸の背に両手を置いた。

11

はじめは、特に変わったことはなかった。老人の手がそっと背中に置かれているのが感じられただけだった。

力を抜き、呼吸を整えようとした。部屋の中は静まりかえっていて、一瞬、訓練の初日に居眠りをしてしまって恥《はじ》をかくのではと心配した。

ジョナスは身震いした。突然、背中に置かれた手が冷たくなったのだ。同時に、息を吸ってみて周囲の空気が変化しているのがわかった。自分の息が冷たかった。唇《くちびる》をなめてみると、舌がふいにひんやりした空気に触れた。

衝撃ではあったが、少しも怖くはなかった。体は力でみなぎっていた。再び呼吸してみると、凍りついた空気が突きさすように体の内部に入ってくるのを感じた。今度は、冷たい空気が全身をとりまいて回転しているのもわかった。冷気《れいき》は体の両側に添えた手に吹きつけ、背中の上にも吹き渡っていた。

男性の手の感触《かんしょく》は消え去ってしまったようだった。

ジョナスはまったく新しい感覚に気づいた。針《はり》で刺されたような感じ？　ちがう、それはやわらかく、痛みもなかった。とても小さくて冷たい、羽《はね》のように軽いものが、体と顔に降《ふ》りかかっている感じがした。ジョナスはまた舌を出し、その冷たいかけらを味わってみた。かけらの感触はあっという間に消えてしまう。次々に口に入れてみた。その感覚に思わずほほえんだ。

意識のある部分では、自分が〈別館〉の一室でベッドに横たわっていることを知っていた。しかし別の部分、彼の存在の切り離された部分は身を起こし、座っていた。体の下には、刺繍で飾られたやわらかなベッドカバーの感触はまったくなくなっており、むしろ平《ひら》たく堅《かた》いものの上に座っているのが感じられた。両手は――現実の手は体のわきに置かれたままだったが――粗《あら》い手《て》触《ざわ》りの、湿ったロープを握っていた。

やがて彼には見えた――目を閉じていたにもかかわらず。キラキラ輝く結晶《けっしょう》が体のまわりに渦《うず》を巻いて降り注ぎ、手の甲《こう》に積《つ》もっていた。それはまるで冷たい毛皮《けがわ》のように見えた。

自分の吐《は》く息がはっきりと見えた。

今では何となく老人が語っていたものだとわかる物質――雪――の渦の彼方は、遠くまで見下ろすことができた。高い場所にいるのだ。地表《ちひょう》はふわふわの雪で厚く覆われていたが、ジョナスの体は地面からわずかに浮いていて、堅く平たいものの上に乗っていた。

橇だ。唐突にわかった。彼は橇と呼ばれるものの上に座っていた。それは彼のいる、地面が広《こう》範囲《はんい》に盛《も》りあがった場所のてっぺんで、バランスを保っているようだった。「地面が盛りあがった場所」という言葉を考えるそばから、新たな意識が彼に告げた——これが丘だと。

橇はジョナスを乗せ、降りしきる雪の中を走りだした。ジョナスはただちに、自分が坂を下《くだ》ろうとしていることを悟った。誰かが説明してくれたわけではない。今まさに体験しつつあることが彼に告げたのだった。

降下《こうか》を始めると、顔が冷たい空気を切りさいた。雪と呼ばれる物質の中を、橇という名の乗り物に乗って進む。いまやジョナスは、橇が滑走面のおかげで前進することを確信していた。

滑降《かっこう》の速度を上げるにつれ、それらのことがすべて腑《ふ》に落ち、ジョナスは息もつけないほどの歓喜《かんき》に包まれた。スピード、冷たく澄み渡った空気、あたりを包む静寂《しじま》、調和と興奮と安らぎの感覚に身を委《ゆだ》ねた。

やがて傾斜《けいしゃ》が緩《ゆる》くなり、地面が盛りあがった場所——丘——が平《たい》らになり、ふもとに近づくと、橇の速度が落ちた。周囲には雪が積もっていた。ジョナスは全身の力をこめて橇を押し、前に進んだ。滑走の爽快感を終わりにしたくなかった。

ついに、積もった雪のせいで橇の薄い滑走面は一ミリも動かなくなり、ジョナスは立ち止まった。しばしその場にしゃがみこんで、ぜいぜいとあえいだ。凍《こご》えた手にはロープが握られている。

ジョナスはおずおずと目を開けた——奇妙な滑走の間ずっと開いていた、「雪の丘で橇に乗っている」ほうの目ではなく、現実の目である。すると、自分がベッドの上にいて少しも動いていないことがわかった。

老人もやはりベッドのわきにいてジョナスを見ていた。彼はたずねた。「どうだったかね？」

ジョナスは体を起こし、率直に感想を言おうと思い、一瞬のためらいののちに答えた。

「びっくりでした」

老人は額《ひたい》を袖《そで》で拭《ぬぐ》うと言った。

「ふう。くたびれた。しかしね、こんなちょっとした記憶を伝達するだけでも――肩の荷が少しだけ軽くなる気がするのだよ」

「それは――あの、質問してもかまわないのですよね？」

老人はうなずき、ジョナスをうながした。

「それはつまり、あなたはもう記憶を――橇に乗るという記憶を――なくしたってことですか？」

「そのとおりだ。ほんの少し、この老いた体から重荷《おもに》が去ったのさ」

「あんなに楽しいことなのに！　もうあなたの頭の中にないなんて！　ぼくが奪っ、、、たんですね！」

老人は笑って答えた。

「今きみに伝えたのは、たった一度の滑走の記憶だ。ある日ある時の橇、雪、丘のことだけさ。

私は無数の滑走を記憶しているのだ。そしてそれらを一つひとつ、何度も何度もきみに伝達する。きりがないくらいね」

「ぼくは——つまりぼくたちはってことですけど——あれをまたやれるってことですか?」ジョナスはきいた。

「ぼくとっても楽しかったんです。次はうまく橇を操《あやつ》れると思います、ロープを引く加減《かげん》で。さっきはできませんでしたよ。だって、すべてが初めてのことでしたし」

老人は笑って首を振った。

「いつかごほうびとしてやってもいいだろう。しかし、今は時間がないんだ、とにかく遊んでいる暇《ひま》はない。今のはたんに、手はじめとしてやったのだ」

そう言うと老人は事務的《じむてき》な口調《くちょう》に戻った。「さあ、うつぶせになりなさい。次は——」

ジョナスは従った。次はどんな体験ができるのかと思うとわくわくした。しかし、ふいに疑問《ぎもん》が次々に湧《わ》いてきた。

「なぜぼくたちの世界に雪はないんですか? それに橇も、丘も。昔はあったんですか? ぼくの両親は、子どものころ橇に乗ったりしたんですか? あなたはどうだったんです?」

老人は肩をすくめ、うっすらと笑った。

「いや。遠い遠い過去の記憶さ。だから非常にくたびれる——いくつもの世代をさかのぼって、たぐり寄せなければならないからね。私がそれを受けとったのは〈レシーヴァー〉になった時だが、前の〈レシーヴァー〉もやはり、長い時の彼方からその記憶を引きよせたのだ」

「でも、いったいなぜなくなってしまったんです？　雪や、そのほかのものは」

「〈気候制御《きこうせいぎょ》〉のせいさ。雪は農作物《のうさくもつ》の生長《せいちょう》を妨《さまた》げ、農耕《のうこう》の時期を制限してしまう。それに、いつ降るか予測できない雪のせいで交通が止まってしまうことがある。はなはだ実用的でないから、われわれが〈同一化《どういっか》〉に向かうさいに、時代遅れのものとして退《しりぞ》けられたのだ。

丘もそうだ。物資の輸送に不便だからね。トラックやバスは丘ではスピードが落ちてしまう。だから――」そこで老人は手を振った。まるでその身ぶりで丘を消し去ったかのようだった。

「要するに〈同一化〉さ」そう言って彼は話をしめくくった。

ジョナスは眉をひそめて言った。「雪も橇も丘も、あればよかったです。時々でもいいから」

老人はほほえんだ。「私もそう思うよ。しかし、どうしようもないのだ」

「でも、あなたにはたいへんな力があるのですから――」

「名誉だ」男性はきっぱりとジョナスの言葉を正した。

「私が得たのは大いなる名誉だ。きみも得ることになろうが。いずれわかるだろう、それは力とはちがうのだよ。

さあ、じっとしていなさい。天候の話が出たついでに、ほかの例もきみに渡そう。今度は名称《めいしょう》を言わないよ。受信《じゅしん》能力を試したいからね。きみは、教えられなくても名称がわかるようになる必要がある。さっきは記憶を与える前に、雪、橇、丘、滑走面という名称を教えておいたがね」

ジョナスは指示を待たずにもう一度目を閉じた。再び背中に手が置かれた。じっと待った。

さっきよりも早く感覚がやってきた。今度は背中の手は冷たくならず、逆に暖かさが体に伝わってきた。しかも少し湿っている。暖かさはしだいに広がり、肩を覆い、首をはいのぼり、頬《ほほ》にまで伸びていった。ズボンをはいている下半身にまで温感《おんかん》が広がっていった。心地よさが全身を包んだ。唇をなめてみると、外気《がいき》は熱く重苦《おもくる》しかった。

ジョナスは動かなかった。橇はなく、姿勢は変化しなかった。どこかに一人でいた。戸外で、彼は横たわっていて、はるか上空から暖かい空気が降《お》りてきていた。雪の中を滑走するほどの興奮はなかったが、とても心地よかった。

突如《とつじょ》、その言葉が浮かんだ。これは陽光だ。それが空から降り注いでいることもわかった。

それでおしまいだった。

「陽光《ようこう》です」ジョナスは大きな声で言い、目を開けた。

「よし。言葉をつかんだな。これで仕事がしやすくなる。多くを説明しなくてすむからね」

「それと、空から降ってきました」

「そのとおりだ。かつてと同じようにね」

「〈同一化〉以前、〈気候制御〉以前ですね」ジョナスは言葉を継《つ》いだ。

老人は笑った。「きみは受信能力が高いし、飲みこみも早い。じつに喜ばしいことだ。今日はこのくらいにしておこう。いいスタートが切れた」

ジョナスは心を悩ませていたことをたずねてみた。

「あの、〈主席長老〉はぼくに言いました――ぼくだけじゃなくみんなにですけど――、そしてあなたも。訓練には痛みがともなうって。だからぼく、ちょっと怖かったんです。でも、今日初めて経験して、ちっとも痛くなかった。すごく楽しかったくらいです」

そう言うとジョナスはもの問いたげに老人を見つめた。

老人はためいきをついた。「楽しい記憶から始めたのだよ。前回の失敗で、そうすべきだと悟ったのだ」

そして彼は何度か深く息をついてから続けた。

「ジョナス。訓練はいずれ痛みをともなうものになる。しかし、今はまだその必要はない」

「ぼく、耐《た》えられます。本当です」ジョナスは体を起こし、少し背筋《せすじ》を伸ばした。

老人はしばらくジョナスを見つめていたが、やがてほほえむと言った。

「わかっているよ。そうだな、せっかくきみが質問したのだから――もう一度伝達をやる力ならありそうだ。横になりなさい、今日はこれで最後だ」

ジョナスはうきうきと従った。目を閉じて待っていると、背中にまた手が置かれた。やがて再び、このまったく新しいもう一つの意識に浮かんだ空から、暖かさと陽光が降ってくるのが感じられた。今度は、心地よい温感の中で寝そべるうちに、時の経過《けいか》を感じた。現実の自分はたかだか一、二分だとわかっていたが、もう一方の、記憶を受けとっているほうのジョナスは、何時間も陽に当たっているように感じていた。肌がヒリヒリしだした。もぞもぞと片方の腕を動かして曲げてみると、折り曲げたひじの内側の皮膚《ひふ》に鋭い痛みが走った。

「いてっ」ジョナスは大声で叫び、ベッドの上で身をよじった。「いててて」体を動かすと痛みが増し、思わずうめいた。口を開くだけでも顔が痛かった。

それを指す言葉があるのはわかっていたが、痛みのために言葉をつかむことができなかった。伝達が終わった。ジョナスは目を開け、痛みに顔をしかめた。

「痛かったです。あんまり痛くて言葉をつかめませんでした」

「日焼《ひや》けだよ」老人が言った。

「すごく痛かったです」ジョナスは言った。

「でも、記憶を与えてくださってうれしいです。おもしろかった。それによくわかりました、訓練が痛みをともなうということの意味が」

老人は答えなかった。しばらく無言《むごん》で座っていたが、やがて言った。

「さあ、立ちなさい。家に帰る時間だ」

二人で部屋の中央へ歩いていった。ジョナスは上着を着ると言った。

「では、失礼いたします。訓練の最初の日に感謝します」

老人はうなずいた。憔悴《しょうすい》して、少し悲しげな表情だった。

「あのう」ジョナスはもじもじと言った。

「何だね？　質問か？」

「いえ、ただ、ぼくあなたのお名前を知らないんです。ずっとあなたが〈レシーヴァー〉だと思ってました。でも今日あなたは、今はぼくが〈レシーヴァー〉なんだとおっしゃいました。だから、あなたをどうお呼びすればいいのかと思って」

老人はまた座り心地のいい布張りの椅子に戻っていた。疼《うず》きを鎮《しず》めようとするかのように肩を回した。ひどく疲れているように見えた。

「〈記憶を注ぐ者《ギヴァー》〉と呼んでくれたまえ」老人はジョナスに言った。

12

「よく眠れた？　ジョナス」朝食の席で母がたずねた。「夢は見なかった？」

ジョナスはただ笑ってうなずいた。まだ嘘をつく心がまえはできていなかったが、本当のことを言う気になれなかった。「ぐっすり寝たよ」と答えた。

「この子もそうだといいんだが」父が言った。椅子から身を乗りだしてかがみこみ、ゲイブリエルの振りまわすこぶしを触っている。籠は父のかたわらの床《ゆか》に置かれていた。籠の隅の、ちょうどゲイブリエルの頭の横には、ぬいぐるみのヒポーが無表情な目をしてじっと座っている。

母が目を白黒《しろくろ》させて言った。「ほんとにね。この子、夜はずいぶんむずかって」

ジョナスはニュー・チャイルドが夜中にぐずるのには気づかなかった。いつもどおりぐっすり寝ていたからだ。しかし、夢を見なかったというのは事実ではなかった。

何度も何度も、眠りの中でジョナスはあの雪に覆われた丘を滑り降りた。夢の中ではずっと、まるでめざす場所があるかのように感じられた。何かが——それが何であるかはわからなかったが——深い雪に阻《はば》まれて橇がそれ以上進めなくなる地点の向こうに待ちうけている、そんな気がするのだった。

目が覚めると、ある感情が芽ばえていた。遠くで待ちうけているその何かへたどりつきたい、いやたどりつかなければならない。すばらしいものが自分を手招きしている、そこには重大な意味がある、そんな気がした。

しかし、どうすればそこへたどりつけるのかがわからないのだった。

ジョナスは夢の残滓《ざんし》を振りはらうように、教科書をそろえて学校へ行く仕度をした。

今日の学校はいつもと少しちがっているように見えた。授業はふだんと同じだった――言語とコミュニケーション、商業と工業、科学と技術、民事訴訟《みんじそしょう》と市政《しせい》。しかし、休み時間と昼食時には、新しい〈一二歳〉たちはがやがやと訓練の初日のことを話しあった。みながいっせいにしゃべり、互いにさえぎりあい、話の腰を折ったことをあわただしく謝罪し、けれど初めての体験を披露《ひろう》する興奮でそれもまた忘れてしまうのだった。

ジョナスは聞いているだけだった。訓練のことを話題にしてはならないという訓告《くんこく》はよくわかっていたが、もし許されていたとしても不可能なのだ。〈別館〉の部屋で経験したことを友だちに説明するなんて、およそ無理だ。橇というものをどんなふうに描写《びょうしゃ》すればいい、丘や雪について説明せずに。そして、丘や雪というものをどうやって伝えればいい、高地《こうち》や風、あのふわふわした不可思議《ふかしぎ》な冷たい物質を感じたことのない人に。

みな何年も言葉の正しい用法を学んできたが、だからといって、誰かに陽光の経験を伝えるのにどんな言葉を使えばいいかなど、わかるはずもなかった。

だからジョナスにとっては、黙って聞いているほうが気が楽なのだった。

放課後、ジョナスはまたフィオナといっしょに〈老年の家〉へ向かった。

「昨日、探したのよ」フィオナは言った。

「いっしょに帰ろうと思って。あなたの自転車まだあったし、ちょっとだけ待ってたの。でも遅くなりそうだったから帰ったの」

「待たせてしまったことを謝罪します」ジョナスは言った。

「謝罪をうけいれます」フィオナが機械的に答えた。

「思ってたよりちょっと長びいちゃってさ」ジョナスは弁解した。

フィオナは黙って自転車をこいでいた。ジョナスには、彼女が理由を聞きたがっているのがわかった。訓練の初日がどうだったかジョナスに話してほしい、しかし自分からたずねることは不作法にあたるので、黙っているのだった。

ジョナスは話題を変えようとして言った。

「フィオナは、奉仕の時間をいつも〈老年者〉のところで過ごしてたもんね。もう、だいたいのことはわかるんじゃない？」

「とんでもない、覚えなきゃならないことがいっぱいよ」フィオナは答えた。「運営《うんえい》の仕事やら食事のルール、それに規則違反への処罰――ねえ知ってた？〈老年者〉にも懲罰棒が使われてるのよ、幼い子に使うのと同じものが。それから、作業《さぎょう》療法《りょうほう》やレクリエーション活動のやりかたでしょ、投薬《とうやく》の手順でしょ、あと――」

そこで建物についたので、二人は自転車を止めた。

「あたしね、学校よりこっちのほうがだんぜん好きよ」フィオナはうちあけた。

「ぼくもさ」ジョナスはそう言って自転車を駐輪場に入れた。

フィオナは一瞬黙った。さっきと同じようにジョナスの言葉を待っているように見えた。だが、やがて腕時計を見てジョナスに手を振り、急いで玄関へ向かった。

ジョナスははっとして、しばし自転車の横に立ちつくした。また起きたのだ、今では「彼方を見ること」と理解している例のことが。今回はフィオナだった。ほんのつかの間の、いわく言いがたい変化だった。ドアを通り抜ける彼女を見送っていた時にそれは起きた。フィオナが変化した。実際は、とジョナスは考えた。頭の中で再現してみると、変化はフィオナの全身に起きたんじゃない。変わったのは彼女の髪だけみたいだ。しかも一瞬ちらついただけだった。

ジョナスは心の中で記憶をざっと反芻《はんすう》した。明らかに起きる頻度《ひんど》が上がっている。最初はリンゴ、数週間前だ。次が〈大講堂〉にいた観衆の顔、つい二日前。そして今日、フィオナの髪だ。

難しい顔つきで、ジョナスは〈別館〉に向かって歩いていった。〈ギヴァー〉にきいてみよう、と決めた。

ジョナスが部屋に入っていくと、老人は顔を上げてほほえんだ。すでにベッドのわきに座っており、昨日よりも活気のある表情をしていた。体力もわずかながら回復《かいふく》したようで、ジョナスに会って喜んでいるように見えた。

「よく来たな。すぐ始めよう。一分遅刻だぞ」

「遅刻をおわび――」ジョナスはそう切りだしたところで、謝罪は不要と言われたことを思いだし、あわてて口をつぐんだ。

上着を脱いでベッドのところへ行き、釈明した。

「一分遅刻したのは、ある出来事のせいなんです。それで、そのことでちょっとおたずねしたいことがあるんですが、かまいませんか」

「何でもききなさい」

ジョナスは頭の中で、出来事を明快《めいかい》に説明できるように整理してから話しはじめた。

「あなたがおっしゃっていた、『彼方を見る力』なんだと思うんですが」

〈ギヴァー〉はうなずいて言った。「説明してみたまえ」

そこで、まずリンゴの経験を語った。そして、〈儀式〉のステージ上から、同じ現象《げんしょう》が人々の顔に起きたのを見たこと。

「それで今日、たったいま外で、今度は友だちのフィオナに起きたんです。正確に言うと、彼女自身が変わったんじゃないんです。でも、彼女の何かが一瞬変化したんです。髪の毛がちがって見えました。けれど、髪型とか長さじゃなくて、何と言ったらいいのか――」

ジョナスはそこで言葉を切った。何が起きたのかを的確《てきかく》につかみ、表現することができないのがもどかしかった。

けっきょく、ただこう言ってしめくくった。「変化したんです。どう変わったのか、なぜなのかはわかりません。それで、一分遅刻してしまいました」

話し終わると、ジョナスはもの問いたげに〈ギヴァー〉を見つめた。

驚いたことに、老人は「彼方を見る力」には一見かかわりのなさそうなことをたずねた。

「昨日きみに渡した記憶のうち、最初の、橇に乗る体験の時に、きみは身のまわりを観察したかね？」

ジョナスはうなずいた。「はい。でもあの物体――雪、でしたね――が舞《ま》っていたせいで、あまりよく見えませんでした」

「橇をよく見たかね？」

ジョナスは記憶をまさぐった。「いいえ。体の下にあるのがわかっただけです。ゆうべは夢にも出てきたんですが、夢の中でも橇を見た記憶がありません。感じただけで」

〈ギヴァー〉は考えているようだったが、やがて話しはじめた。

「選抜にあたってきみを観察していた時、私はきみがまずまちがいなく資質をもっていると感じた。今のきみの話で、それが裏づけられたよ。私の場合はちょっとちがっていたがね。きみと同じ年齢の時――ちょうど新しい〈レシーヴァー〉になろうとしていたころ――私にも同様のことが始まった。ちがう形でではあったがね。私の場合は……いや、今は話すまい。きみにはまだ理解できないだろうから。

だが、それがきみにどのように起きているのか、見当《けんとう》はつきそうだ。ちょっとテストをやってみよう。それで、私の推測《すいそく》が正しいかどうか確認できるだろう。横になりなさい」

ジョナスはまたベッドにうつぶせになり、両腕を体のわきに沿って伸ばした。いまや彼にとってこの場所は心地よく感じられた。目を閉じて、もはやなじみ深く感じられる〈ギヴァー〉の手の感触を背中に待ちうけた。

だがそれはやってこなかった。かわりに〈ギヴァー〉が指示を出した。

「呼びさましてごらん、橇に乗った記憶を。最初のところだけでいい。きみは丘の頂上にいて、橇はまだ滑りだしていない。その時、橇をよく見てごらん」

ジョナスはまごついた。目を開け、ていねいにたずねた。

「あのう、でもですね、あなたが記憶を与えてくださらないと」

「もうきみの記憶なんだよ。私のものではないから、私にはもはや経験することはできない。きみに渡してしまったのだから」

「でも、どうやって呼びさませばいいんです?」

「きみは去年のことを思いだせるだろう? あるいは〈七歳〉の時、〈五歳〉の時のことならどうだ?」

「もちろん思いだせます」

「同じようにやればいいんだ。コミュニティの人々はみなそうやって一世代の記憶を有している。だがきみは、これからはもっと昔までさかのぼれるようになる。やってみたまえ。集中するんだ」

ジョナスはもう一度目を閉じた。深呼吸して、意識の中にあるはずの橇を、丘を、雪を探し求めてみる。

あった。難《なん》なく見つかった。ジョナスは再びあの吹雪《ふぶき》の世界で、丘の頂上に座っていた。

やったぞ、とにんまりする。吐きだした息が蒸気《じょうき》のように視界《しかい》に広がる。それから〈ギヴァー〉の指示どおり、体の下を見てみる。自分の手が見える。今度も雪に覆われ、ロープを握っている。足も見える。その下の橇が見えるように、両足をわきへよけてみた。

ジョナスは驚いて橇を凝視した。今度のは、つかの間の印象《いんしょう》ではなかった。橇には、あの不可解な性質があった——まばたきしてもう一度見つめなおしてみても、その性質は続いていた。リンゴはほんの一瞬だった、それにフィオナの髪も。橇は変化したのではない。ただ元からそうだったのだ——その性質が何であれ。

ジョナスは目を開けた。やはりベッドの上にいた。〈ギヴァー〉がもの問いたげにこちらを見ていた。

「ええ、見ました。橇の中にあれを」ジョナスはゆっくりと告げた。

「もうひとつ試してみよう。あそこの本棚を見てごらん。一番上の本の列は見えるか？　テーブルの後ろの、最上段《さいじょうだん》の本だ」

ジョナスは目をこらした。見つめていると、本が変化した。しかし変化は一瞬のことで、まばたきする間に消えてしまった。

「変化しました」ジョナスは言った。

「本にもあれが起きました。でもやっぱり消えてしまった」

「私の推測は当たっていたよ。つまりきみは、赤という色を認識《にんしき》しはじめているんだ」と〈ギヴァー〉が告げた。

「アカという何ですって？」

老人はためいきをついた。

「どう説明すればいいものか。かつて記憶があったころ、あらゆるものは形と大きさを持っていた。それは今も同じだが、もうひとつ、ものには色彩と呼ばれる性質があったんだ。

世界にはあまたの色があった。そのひとつが赤と呼ばれていた。きみに見えはじめている色だ。きみの友人のフィオナは、赤い色の髪をしている――とても特徴的な赤毛《あかげ》だね。以前、彼女を見てそう思った。きみがフィオナの髪のことを言ったので、それを手がかりに、きみが赤という色を認識しはじめているのだろうとわかったのだ」

「じゃあ、人の顔もそうなんですか？　〈儀式〉の時にぼくが見た人々の顔も？」

〈ギヴァー〉は首を振った。

「いや、肌の色は赤ではない。だが、わずかに赤味《あかみ》を帯《お》びているんだ。本当のところ、昔は――きみはこれから記憶の世界で実地《じっち》に見ることになろうが――、人間の肌はじつにさまざまな色をしていたんだ。われわれが〈同一化〉に向かう以前のことだ。今では肌の色はみな同じだ。きみが見たのは、わずかな赤の色調《しきちょう》なんだよ。おそらく、観衆の顔が色を帯びるのをきみが見たとき、その色はリンゴや友だちの髪ほど濃《こ》くあざやかなものではなかっただろう」

〈ギヴァー〉はそこでふいに小さく笑った。

「われわれはついぞ、〈同一化〉を完全に極《きわ》めることなどできたためしがない。遺伝《いでん》科学者たちはいまだに、不備《ふび》をなくそうと必死で研究を続けているのだろうがね。フィオナのような髪の毛は、かれらにとって腹立《はらだ》ちの種《たね》以外の何ものでもないだろう」

　ジョナスは懸命《けんめい》に理解しようとして話に聞き入っていたが、ここで問いを発した。

「橇はどうなんです？　橇にも同じ性質がありました、赤の色をしてました。でもあれは変化したんじゃないんですよ、〈ギヴァー〉。橇は最初から赤の色をしてたんです」

「それが、色彩がかつてあったころの記憶だからだよ」

「あれは——ああ、言葉ってなんて不正確なんだ！　赤という色は、本当に美しかったんです！」

〈ギヴァー〉はうなずいた。「そう、美しいのだよ」

「あなたにはいつも見えるんですか？」

「すべて見えるよ。あらゆる色がね」

「ぼくも見えるようになりますか？」

「もちろんだ。記憶を受けとればね。きみには『彼方を見る力』がある。やがて色彩と同様に、叡智も手にすることになる。それにもっともっとたくさんのこともね」

　ジョナスにとって、叡智はまだ関心の的《まと》ではなかった。今は色彩のとりこだった。

「なぜみんな見ることができないんですか？　なぜ色はなくなってしまったんです？」

〈ギヴァー〉は肩をすくめて言った。

「わがコミュニティの人々は、そういう選択をしたのだよ。〈同一化〉への道を選んだのだ。私の前の世代、さらに前の世代、そして前へ、前へ、前へとさかのぼった過去のことだ。われわれは色彩を手放《てばな》したのだ、陽光を手放すのと同時に。そして、あらゆる差異を排除《はいじょ》したのさ」

そこで〈ギヴァー〉はしばし考えこんでから、言った。

「われわれは多くのものを制御することに成功した。しかしその代償《だいしょう》に、別のものを捨《す》てざるをえなかったのだ」

「捨てちゃいけなかったんだ！」ジョナスは悲痛《ひつう》な声で叫んだ。

〈ギヴァー〉はジョナスの確信に満ちた態度に驚いたようだったが、やがて苦《にが》い笑いをもらした。

「ずいぶん早くその結論に達したな。私は何年もかかったよ。もしかしたら、叡智も私よりずっと早く訪れるかもしれない」

老人は壁の時計に目をやった。「さあ、うつぶせになるんだ。やるべきことは山ほどある」

再びベッドに身を横たえると、ジョナスはきいた。

「〈ギヴァー〉、あなたにはどんなふうに起こったんですか？　ちょうど〈レシーヴァー〉になるころだったとおっしゃいましたよね、『彼方を見る』経験をしたのは。でもそれは、ぼくとはちがう形だったと」

手が背中に触れた。「日を改めてね」と、〈ギヴァー〉はおだやかな声で言った。

「いずれ話そう。今は仕事だ。ある方法を思いついたよ、きみが色彩の概念について理解を深める手助けになるはずだ。
さあ目を閉じて、動かずに。これからきみに、虹《にじ》の記憶を渡そう」

13

日々は過ぎていった。数週間がたった。ジョナスは記憶を通して、さまざまな色の名前を覚えた。今ではそれらの色をみな、ふだんの生活（もうふだんどおりではないことも、二度と以前の日常が戻らないことも彼にはわかっていたけれど）の中でも、知覚《ちかく》することができるようになっていた。しかし、色は持続《じぞく》しなかった。ほんの一瞬見えることはある。たとえば緑色——〈中央広場〉を囲む美しく手入れされた芝生《しばふ》や、土手の茂《しげ》みの緑色。コミュニティの境界外《きょうかいがい》の農地《のうち》からトラックで運びこまれるカボチャのオレンジ色。どれも一瞬、あざやかな色彩をきらめかせたかと思うとすぐに消え去り、いつものように生気《せいき》のない無色《むしょく》の物体に戻るのだった。

〈ギヴァー〉の話では、色が持続するようになるまでには、かなり長い時間がかかるだろうとのことだった。

「でも、ぼくはいつも色を見たいんです！」ジョナスはいらだたしげに言った。

「おかしいですよ、世界に色がないなんて！」

〈ギヴァー〉はまじまじとジョナスを見つめて言った。「おかしい？　どういうことか説明してごらん」

「それは……」ジョナスは言葉に詰まった。自分が何を言いたいのかよく考えてみた。

「すべてが同じなのであれば、選択のしようがないですよ！　ぼくは朝起きて、どうするか決めたいんです！　たとえば、今日は青い上着を着るか、それとも赤の上着にするか」

それから自分の服装を見下ろし、色のない服の布地《ぬのじ》を見つめてつぶやいた。

「なのに、ぜんぶ同じなんだ。いつだって」

そこまで言って、ジョナスはふっと笑った。

「わかってます、何を着るかなんて重要じゃないって。そんなのたいしたことじゃない。でも――」

「選ぶということが重要なのだ、と。そういうことかね？」〈ギヴァー〉が会話を引きとった。

ジョナスはうなずくと、「ぼくの弟は――」と言いかけてすぐに訂正した。

「いえ、正確には弟ではなくて、ぼくの家で世話をしているニュー・チャイルドです。ゲイブリエルという名前なんですが」

「ああ、ゲイブリエルなら知っているよ」

「それで、その子は今ちょうど、たくさんのことを学ぶ時期なんです。おもちゃをさしだしてやればちゃんと手でつかむし――ぼくの父は、あの子が小さな筋肉《きんにく》を動かす訓練をしてるんだって言ってます。とってもかわいい子なんです」

〈ギヴァー〉はあいづちを打った。

「だけど今、色が見えるように、少なくとも時々は見えるようになって、ぼくは考えたんです。もしぼくたちが、あざやかな赤や黄の色のものをさしだしてやり、ゲイブリエルが選ぶことができるようになったらどうだろう、って。〈同一化〉のかわりにです」

「ゲイブリエルがまちがった選択をする可能性もあるよ」

「ああ」ジョナスは口をつぐんで考えこんだ。

「そうですね、わかります。ニュー・チャイルドのおもちゃならたいしたことではない。でも成長したらそうはいかない、そういうことでしょう？　人々に自分で選ばせるなんて、とてもじゃないけどできませんよね」

「ぶっそうで？」〈ギヴァー〉が言葉を足した。

「とんでもなくぶっそうです」ジョナスはきっぱりと言った。

「仲間を自由に選べるなんてことになったら、どうなります？　しかも選びまちがったら？　あるいは、もし自分の仕事を選べるなんてことになったら？」

言いながら、あまりのばからしさに吹きだしそうになった。

「ぞっとする事態だ、ちがうかね？」〈ギヴァー〉が言った。

ジョナスはクスッと笑って、言った。

「ものすごく恐ろしいです。想像すらできません。ぼくたちは何としても、まちがった選択から人々を護らなければならない」

「そのほうが安全だ」

「はい。ずっと安全です」

しかし、会話が別の話題に移ってからも、ジョナスの心には何か満たされない思いが残った。けれども、それが何なのかはわからなかった。

ジョナスは、最近自分が怒《おこ》りっぽくなったことに気づいていた。グループの仲間たちにむきになって食ってかかることもあった。ジョナスの生活は輝きを帯びはじめていたのに、友人たちは生彩《せいさい》を欠《か》いた生活に満足しきっていたからだ。ジョナスは自分にも腹を立てた。かれらのためにそうした状況を変えることができない自分がふがいなかった。

努力してはみた。これには、事前《じぜん》に〈ギヴァー〉の許しを得なかった。許されないのではないかと不安で――いや、許されないとわかっていたのかもしれない。ジョナスは、自分が得た新しい感覚を友だちに伝えようとしたのである。

ある朝、ジョナスは言ってみた。

「アッシャー、あの花、ようく見てみろよ」

二人は〈公開文書館〉の近くにしつらえられたゼラニウムの花壇《かだん》の横に立っていた。ジョナスはアッシャーの肩に両手を置き、花びらの赤い色に意識を集中した。できるだけ長くその色を保って、「赤」の感覚を友に伝えようとしたのだ。

「何だよ？　どうかしたのか？」アッシャーは不安げに言って、ジョナスの手を押しのけた。家族ユニット以外の他人の体に触れることは、市民としてきわめて不作法なふるまいとされていたのである。

「いや、何でもない。ただちょっと、花がしおれてたからさ。〈園芸係《えんげいがかり》〉に知らせなきゃと思って。もっと水をやったほうがいいって」

ジョナスはそう言ってためいきをつき、あらぬほうを向いた。

ある日の晩、訓練を終えて帰宅したジョナスは、新しい知識を得て心を重くしていた。その日〈ギヴァー〉が選んだのは、驚異《きょうい》の、そして胸をかき乱す記憶だった。背中に老人の手を感じながら、ふと気がつくとジョナスはまったく見知らぬ場所に立っていた。暑く、風の吹き渡る大地が、見渡すかぎりの青空の下に広がっていた。まばらな草むら、わずかな灌木《かんぼく》の茂み、それに岩がぽつぽつ見える。そばにはこんもりとした木立《こだち》があった。幹《みき》が太く丈《たけ》の低い木が空に輪郭《りんかく》を描いている。と、ふいに音がした。武器の鋭い擦過音《さっかおん》――銃という言葉がひらめいた――、続いて叫び声、さらに、何かが倒《たお》れるドサッというすさまじい音、同時に木の枝《えだ》が折れるボキボキという音。

ふいに、人が互いに呼びかわす声が聞こえた。茂みに隠れて様子をうかがううち、ジョナスは〈ギヴァー〉の言葉を思いだした。昔は、人々の肌はさまざまな色をしていたという。そこにいた男たちのうち二人は焦《こ》げ茶色の肌をしていて、ほかの者は白かった。少し近づいて見ていると、男たちは倒れて動かなくなったゾウの牙《きば》をたたき折り、引きずっていくところだった。その後には血が点々と撒《ま》き散《ち》らされた。ジョナスは赤という色のこの新しい様相《ようそう》に圧倒《あっとう》された。

やがて男たちは去っていった。地平線《ちへいせん》に向かって加速《かそく》する車のタイヤが小石を跳ね飛ばしていった。その一つがジョナスのおでこに当たり、痛みでしばらくその場を動けなかった。だが、まだ記憶は続いていた――一刻《いっこく》も早く終わってほしいというジョナスの切望《せつぼう》もむなしく。

すると別のゾウが現れた。それまで木立の陰に隠れていたらしい。ゾウはゆっくりと歩み寄り、ズタズタにされた死体を見下ろした。しなやかな長い鼻で同胞《どうほう》の巨大な亡骸《なきがら》をなでる。次に、持ちあげた鼻で葉の生い茂った枝をたたき落とし、引きさかれた肉の塊《かたまり》をそれらで覆った。

最後に、ゾウは大きな頭を上げ、牙を天に向けて、無人の荒野《こうや》に咆哮《ほうこう》をとどろかせた。それまで聞いたことのない音だった。激しい怒りと深い悲しみの音。それはいつまでも止むことがないように思えた。

目を開けても、その咆哮は耳を離れなかった。ジョナスは記憶を受けとるベッドに苦しげに横たわっていた。頭の中にゾウの啼《な》き声が響きつづけているのを感じながら、のろのろと自転車をこいで家に帰った。

「リリー」その夜、ジョナスは妹に言ってみた。リリーは自分の安眠アイテムであるぬいぐるみのゾウを棚から下ろしたところだった。

「知ってたか？　昔、ゾウって生きものがほんとにいたんだよ。生きたやつがさ」

リリーはボロボロの安眠アイテムをちらっと見下ろすとニヤリと笑い、「そうよね」と、ほとんど信じていない目つきで言った。「もちろんよ、お兄ちゃん」

ジョナスは家族のそばに行って座った。父はリリーの頭のリボンをほどき、櫛《くし》で髪をとかしてやっていた。ジョナスは父と妹の肩に片方ずつ手を置いた。全神経を集中して、二人に記憶のかけらを伝えようと試みた。ゾウの苦悩に満ちた啼き声ではなく、ゾウの存在を、見上げるばかりの丈をした巨大な生きものがこの世にいたことを知らせたかった。そしてその生きものは、友の最期《さいご》をこまやかな情愛で看取《みと》る動物だったと、家族に伝えたかったのだ。

だが、父はあいかわらず、リリーの長い髪をとかし続けていた。リリーはいらいらした様子で座っていたが、ついに体をよじって兄の手から逃れた。

「お兄ちゃん、痛いわよ、手が」

「痛い思いをさせたことをおわびします、リリー」ジョナスはボソボソと謝罪の言葉をつぶやくと、手を引っこめた。

「謝罪をうけいれます」リリーは無表情に答え、つくりもののゾウをなでた。

ジョナスは一度〈ギヴァー〉にたずねたことがある。その日の仕事を準備している最中だった。

「あなたには配偶者はいらっしゃらないのですか？　申請を許されていないのでしょうか」

不作法を禁じる規則が適用されないとはいえ、これは礼《れい》を失《しっ》した質問だと自分でもわかっていた。しかし〈ギヴァー〉は、何をたずねてもよいと奨励《しょうれい》してくれていたし、どんなに立ち入ったことをきいても、恥ずかしがったり気分を害《がい》したりはしないようだった。

〈ギヴァー〉はくっくと笑った。

「いや、禁じられてはいないよ。それに、私には配偶者がいた。私の年齢を忘れているんじゃないかね、ジョナス。私の元の妻《つま》は、今では〈子どものいない大人〉たちといっしょに生活している」

「あっ、そうですよね」〈ギヴァー〉の歳はその姿から明らかなのに、ジョナスはすっかり忘れていた。

コミュニティでは、成人は歳をとると生活が変わるのだった。歳をとった人たちはもはや、家族ユニットを作る役割を求められない。ジョナスの両親も、彼とリリーが成人した後は〈子どものいない大人〉たちと暮らすことになる。

「きみだって、もし望むなら将来、配偶者を申請できる。だが、警告しておこう。配偶者と暮らすことは難しい。きみの生活環境は、ふつうの家族ユニットのそれとはちがうものにならざるをえない。たとえば、書物《しょもつ》は市民に禁じられている。きみと私だけが、書物を手にすることを許されているのだ」

ジョナスは、驚くべき書物の配列をざっと見回した。今では時々、それらの本の色を見分けることができた。〈ギヴァー〉と過ごす時間はもっぱら会話や記憶の伝達に費《つい》やされるので、ジョナスはまだどの本もひもといてみたことがなかった。しかしタイトルを拾《ひろ》い読《よ》みして、これらの本に数世紀分のあらゆる知識が書かれていることはわかっていた。いずれこの万巻《まんがん》の書物は、すべて彼の所有するところとなる。

「じゃあ、ぼくが配偶者を得て、それに子どもができても、家族には本を隠しておかなきゃならないんですか？」

〈ギヴァー〉はうなずいた。

「私も、妻に本を見せてやれなかった。隠さざるをえないのだ。ほかにも困難がある。覚えているかね、規則には、〈レシーヴァー〉になったら訓練について人に話してはいけないと書いてあったろう」

ジョナスはうなずいた。もちろん覚えている。けっきょく、規則の中で何よりもストレスになるのはこれだった。

「正式な〈レシーヴァー〉となった時、つまりここでの仕事が終わる時だが、きみにはまったく新しい一連《いちれん》の規則が与えられる。私が現在従っている規則だ。もうわかっていると思うが、私は自分の仕事について他人に話すことを禁じられている。ただ一人、次の〈レシーヴァー〉を除《のぞ》いてね。もちろんきみのことだ。

つまり、きみの人生経験のすべては、決して家族と分かちあうことができないのだ。つらいことだよ、ジョナス。私にはつらかった。

きみにわかるかね？ これが私の人生なのだ。記憶がね」

ジョナスは再びうなずいたが、内心では当惑《とうわく》していた。人生とは、一日一日の積《つ》み重《かさ》ねではないのか？ それ以外にありえないではないか。そこで問いかけてみた。

「ぼく、あなたが散歩してるのを見ました」

〈ギヴァー〉は嘆息《たんそく》して言った。

「歩くさ。食事もする。〈長老委員会〉に呼ばれれば、かれらのところへ出かけて行って、助言《じょげん》と忠告《ちゅうこく》を与えもする」

「しょっちゅうあるんですか？」ジョナスはやや怖《お》じ気《け》づいた。いつか自分が指導者たちに助言を与える立場に立つと思うと、恐ろしくなったのである。

「いや、めったにない。かれらが経験したことのない事態に直面した時だけだ。そういう時にかれらは私に、記憶を活用して助言するよう求める。だが、ごくごくまれなことだ。もっとしょっちゅう私の叡智を使うべきだと思うくらいだ——言ってやれることは山ほどあるんだ、変えてほしいと願っていることがね。だが、かれらは変化を望まない。ここでの人生は、完璧な秩序に基《もと》づいていて、すべてが予測可能で——いっさい痛みをともなわない。それが、人々の選んだ道だ」

「じゃあいったい、何のために〈レシーヴァー〉が必要なのかわかりませんよ。助言を求めないのだったら」ジョナスは意見を述べた。

「人々は私を必要としているさ。それにきみのこともね。かれらは、一〇年前のことで思い知ったのだ」〈ギヴァー〉はそう言って黙った。

「何があったんです？　一〇年前に。わかっています、あなたが後継者を養成しようとして失敗したことは。でもなぜです？　かれらはそれで何を思い知ったんですか？」

〈ギヴァー〉は顔をゆがめて笑った。

「新しい〈レシーヴァー〉がしくじった時、彼女が受けとった記憶は放出《ほうしゅつ》されてしまい、私の意識に戻ってはこなかった。それらの記憶は……」

そこで言葉がとぎれた。その想念《そうねん》と苦闘《くとう》しているかのようだった。

「わからない、はっきりとは。それらの記憶は、もとあった場所、〈レシーヴァー〉という仕事が設《もう》けられる前にそれらがあった場所に去ってしまったのだ。どこかあちらの世界の――」

老人は漠然《ばくぜん》と腕を動かして、「どこか」を表現しようとした。

「やがて、人々はそれらの記憶に近づくすべを得た。どうやらかつてはそうだったらしい。すべての人間が記憶に触れることができたのだね。

混沌《こんとん》が生じた。人々はしばらくの間、非常に苦しんだ。ようやく苦しみが治まったのは、記憶が吸収されたころだった。しかし、それで確実に人々は悟ったのだ、〈レシーヴァー〉の必要性をね。〈レシーヴァー〉はこの痛みをすべて引きうけてくれるのだから。それに知識もね」

「でもそのかわり、あなたがその苦しみをずっと引きうけなきゃならない」とジョナスは指摘した。

〈ギヴァー〉はうなずいた。「そしてきみもね。それが私の人生だ。そしてきみの人生ともなる」

ジョナスは考えてみた。自分にとってそれはどのようなことだろうか。「散歩や食事、それに――」そして壁の本棚を見回してつけくわえた。

「読書ですか？　それがあなたの人生でしょうか」

〈ギヴァー〉は首を横に振って、言った。「それらはたんに私がしていることだよ。私の人生はここにあるんだ」

「この部屋にですか?」

老人はまた首を振った。そして、両手を自分の顔に、続いて胸に当てた。

「そうじゃない。ここだよ、私の存在の中にだ。記憶のしまわれている場所さ」

「ぼく、科学技術の〈教官〉に教わりましたよ、脳のはたらきについて」ジョナスは熱《ねっ》っぽく語りだした。

「脳の中には電気信号がたくさん飛びかっていて、まるでコンピューターみたいだって。脳のある部分を電極《でんきょく》で刺激《しげき》すると、電気信号が——」

ジョナスはそこで口をつぐんだ。〈ギヴァー〉の顔には奇妙な表情が浮かんでいた。

「やつらは何もわかっていない」老人は苦々《にがにが》しげに言った。

ジョナスはびっくりした。〈別館〉の部屋での最初の日から、二人は不作法を禁じる規則を無視してきたし、ジョナスも今ではそれを快《こころよ》く感じていた。しかし、これはさすがにまずいのではないか。度を超した不作法だ。たいへんな罪にあたるはずだ。もし誰かに聞かれていたらどうしよう?

とっさに壁のスピーカーに目を走らせた。〈委員会〉が聞いていたのではないかと恐れたからだ。かれらにはつねにそれが可能なのである。だが、いつも二人が会っている時と同様、スピーカーのスイッチは**オフ**になっていた。

「何も？　でもぼくの先生は――」ジョナスはそわそわした様子でささやいた。

〈ギヴァー〉は何かを払いのけるように片手を振った。

「そりゃ、きみの先生がたはちゃんとした訓練を受けているさ。科学的事実ってやつを理解している。ここでは誰もが、仕事のために十分な訓練を受けている。

つまりだね……記憶なしには、それらの知識には何の意味もないということだ。かれらは私にこの重荷を負わせた。前の〈レシーヴァー〉にも、その前の〈レシーヴァー〉にも」

「そして前へ、前へ、果てしなく前へ」ジョナスはもはやおなじみとなったフレーズを続けた。

〈ギヴァー〉はほほえんだが、その笑みにはどこか棘《とげ》があった。

「さよう。そして次はきみなのだ。大いなる名誉だよ」

「はい。〈儀式〉でも言われました。最大級の名誉だと」


ときおり、〈ギヴァー〉は訓練をせずにジョナスを帰すことがあった。徐々にわかったのだが、部屋に入ると老人が背中を丸めて座り、青ざめた顔で、体をわずかに前後に揺らしていることがあった。そういう日、ジョナスは帰されるのである。

「帰りなさい」そんな日は、〈ギヴァー〉は張りつめた声で言うのだった。

「今日は痛みがひどい。明日また来なさい」

訓練がなかった日、ジョナスは心配と失望にうち沈んで、よく川べりをひとり歩いた。川沿いの小道にほとんど人影はなかった。ごくわずか、〈食料配達係〉と〈景観美化係〉の姿がそここに見えるだけだった。幼い子どもたちは〈児童センター〉で放課後の時間を過ごしているし、歳かさの子どもたちは奉仕活動や訓練で忙しい時間帯だ。

ジョナスは自分だけで、頭の中に蓄《たくわ》えられつつある記憶をテストしてみた。景色を凝視し、緑色がひらめくのを待つ。その色は植えこみの中に隠されている。緑色の点滅を知覚したら意識を集中させ、色をそのままとどめようと努めた。意識に濃く刷《す》りこみ、できるだけ長く視界に残したかった。けれど、やがて頭が痛くなり、消えるにまかせるしかなかった。

ジョナスは生気のない無色の空をじっと見つめた。そこから青の色を引きだそうとしていたら、陽光を思いだし、ついには一瞬だが暖かさを感じることができた。

ジョナスは川にかかる橋のたもとに立った。その橋を渡る許可が市民に与えられるのは、公用の時だけだった。ジョナスは学校の遠足でよそのコミュニティを訪問した時、この橋を渡ったことがある。行ってみて、橋の向こうの土地がこちらと似たり寄ったりであることがわかった。平板《へいばん》で、整然と秩序づけられた世界、広がる農園。訪問したコミュニティも、ジョナスが暮らすコミュニティと大差《たいさ》なかった。差異はただ、住居の様式がわずかに異なること、学校の時間割が多少ちがっていたことくらいだった。

ジョナスは思いをめぐらせた。遠い彼方、ぼくが行ったことのない土地には何があるのだろう？　大地は果てなく、近隣のコミュニティなどはるかに超えて広がっているのだ。〈よそ〉には丘があるのだろうか？　風の吹き渡る広々とした大地、記憶の中で見たような場所があるのだろうか？　ゾウが死を迎えたあの荒野のような世界が。


訓練なしに帰された日の翌日、ジョナスは〈ギヴァー〉にたずねてみた。

「あなたの痛みの原因は、何なのですか？」

〈ギヴァー〉が黙っているのでジョナスは続けた。

「〈主席長老〉はぼくに言いました。はじめは、記憶を受けとるのにひどい痛みがともなうって。あなたも説明してくれましたよね。前の〈レシーヴァー〉の失態《しったい》で記憶が放出されて、コミュニティに痛みが広がったって。でも、ぼくは痛くないんですよ。本当に」

ジョナスは笑みを浮かべてさらに続けた。

「あ、いや、初日の、日焼けのことを忘れてました。でもたいした痛みじゃなかったな。あなたをそれほどひどく苦しめているのは、いったい何なんです？　ぼくに多少なりと渡せば、痛みがやわらぐんじゃありませんか？」

〈ギヴァー〉はうなずくと、言った。

「横になりなさい。時が満ちたのかもしれない。きみを永遠に護ってやることはできないからね。きみは、いずれはすべてを引きうけなければならないのだから。ちょっと考えさせてくれたまえ」

ジョナスはベッドに身を横たえて待機した。少し怯えていた。

一瞬おいて、〈ギヴァー〉が言った。

「よし。こうしよう。われわれがおなじみのところから始めるよ。もう一度丘へ行こう、それに橇だ」

そう言うと、〈ギヴァー〉はジョナスの背中に両手を置いた。

14

今回の記憶は前のとよく似ていたが、前とは別の丘のようで、傾斜がより急であるように思われ、雪も前回ほど激しく降ってはいなかった。

寒さは前回より厳しいようだ。丘の頂上で座って待っていると、橇の下の雪がこの間のようにふんわりと積もっていないことがわかった。雪は固く、青味《あおみ》がかった氷に覆われている。

橇が前進を始めると、うれしさで顔がほころんだ。さわやかな大気《たいき》の中を滑り降りるスリルに胸がおどった。

だが今回は、橇の滑走面は凍った大地を切り進むことができなかった。前回のような、やわらかい雪に覆われた丘とはわけがちがった。滑走面が横滑《よこすべ》りし、橇が一気に加速する。ジョナスはロープを引いて軌道を変えようとしたが、急な傾斜と猛スピードのせいで操縦《そうじゅう》がきかない。もはや解放感を楽しむどころではなく、恐怖にうち震え、氷上《ひょうじょう》を滑降する激しいスピードに翻弄《ほんろう》されるばかりだった。

斜《なな》めに回転していた橇が斜面のこぶにぶつかった。ジョナスは跳ね飛ばされ、空中に荒々しく放りだされた。足を曲げたまま落ちてしまい、骨の折れる音がした。氷のギザギザのへりで顔をすりむいた。ようやく体が止まっても、あまりの衝撃で動けなかった。しばらくは恐怖のほかに何も感じられなかった。

やがて、痛みの第一波《だいいっぱ》がやってきた。ジョナスは苦痛にあえいだ。まるで足に斧《おの》を突き立てられているようだった。熱く灼《や》けた刃《は》が神経の一本一本に食いこんでいるみたいだ。激しい痛みの中で、ジョナスは「火」という言葉をつかんだ。燃えさかる炎の舌が、砕《くだ》けた骨と肉を舐《な》めているように感じた。動こうとしたができなかった。痛みがさらにつのっていく。

ジョナスは絶叫《ぜっきょう》した。答える者はなかった。

すすり泣きながら、首をよじって凍った雪の上に吐《は》いた。その拍子に顔から飛び散った血が吐《と》瀉物《しゃぶつ》に混じった。

「いやだあああ!」泣き叫ぶ声は無人の雪原《せつげん》に吸いこまれ、風に消えた。

突然、ジョナスは〈別館〉の部屋に戻った。ベッドの上で身もだえし、顔じゅう涙に濡れていた。

動けることを確かめ、体を前後に揺すってみる。深呼吸をして、記憶に刻まれた痛みを放出しようとした。

体を起こして座り、自分の足を見てみた。ベッドにまっすぐ伸びた両足は折れてなどいなかった。斧の一撃のような激烈《げきれつ》な痛みは去っていた。しかしまだひどく疼《うず》いた。顔もヒリヒリと痛んだ。

「痛み止めの治療をさせてください」ジョナスは懇願《こんがん》した。

ふだんの生活ではいつでも治療を受けることができた。たとえば打ち身や切り傷、つぶした指、胃の痛み、自転車で転んですりむいたひざには、いつでも麻酔軟膏《ますいなんこう》を塗《ぬ》ってもらったり、錠剤を処方《しょほう》してもらえた。重症の場合には注射を打ってもらい、即座《そくざ》に完璧に痛みをとりのぞくことができた。

だが、〈ギヴァー〉は「だめだ」と言って顔を背《そむ》けた。

ジョナスは足を引きずりながら、歩いて家に帰った。夕暮れの道を、自転車を押していかなければならなかった。日焼けの痛みなど、もはやごくささいなものに感じられた。それに、日焼けはずっと痛んだりしなかったが、今日の痛みはいつまでも続いていた。

しかし、丘で味わった激痛に比べれば、現在の痛みは耐えられないほどではない。ジョナスは何とか痛みに立ち向かおうとした。〈主席長老〉が言ってくれたではないか、ぼくは勇敢だと。

「どうかしたのかい？　ジョナス」夕食の席で父がきいた。

「今夜はずいぶんおとなしいじゃないか。気分でも悪いのか？　何か薬をあげようか？」

ジョナスは規則を忘れていなかった。訓練による病気やけがに、薬物を使用してはならない。

そして、訓練について誰かと話しあうことも禁じられている。感情共有のさい、ジョナスはただ、今日はくたびれた、授業がいつになくきつかったから、とだけ話した。

ジョナスは早々《そうそう》に寝室に引きあげた。閉めたドアの向こうから、両親と妹のにぎやかな笑い声が聞こえた。三人で、ゲイブリエルを夕刻のお風呂に入れているのだった。

あのひとたちは、永久に痛みを知らないんだ。そう思ったら、猛烈《もうれつ》な孤独感《こどくかん》に襲われた。ズキズキと痛む足をさする。やがてジョナスは眠りに落ち、何度も何度も夢を見た。あの見捨てられた丘で受けた激しい苦痛と孤独の夢を。


日々の訓練は続いていった。今では毎回痛みがともなった。足の骨が砕けた時の激痛がなまやさしいものにすら感じられるようになった。というのも、〈ギヴァー〉が容赦《ようしゃ》なく、一歩一歩、ジョナスを過去のより激しく厳しい苦痛へと導いていったからである。それでも〈ギヴァー〉は思いやりを忘れなかった。いつも一日の訓練を、色彩にあふれた歓《よろこ》びの記憶でしめくくってくれた。青緑《ターコイズブルー》色の水をたたえた湖での爽快な船遊《ふなあそ》び。黄色い野の花が点々と咲き乱れる草地。オレンジ色に燃える夕日が山の端《は》にしずむ光景。

だが、ジョナスが知りつつある痛みをやわらげるには足りなかった。

「なぜなんです?」ある日、ジョナスは拷問《ごうもん》のような記憶を受けとった後で〈ギヴァー〉に詰めよった。その記憶の中で、ジョナスは誰にもかえりみられず、食事を与えられずにいた。飢えの感覚がからっぽのふくらんだ胃をこれでもかとしめつけ、痙攣《けいれん》させた。ジョナスはベッドに横たわったまま、苦悶《くもん》の声で問うた。

「なぜあなたは、それにぼくは、こんな記憶をもたなきゃならないんです？」

「記憶がわれわれに叡智をもたらしてくれるからだ」と〈ギヴァー〉は答えた。

「叡智なくしては、私はまっとうすることができないのだ、〈長老委員会〉の求めがあった時に助言を与えるという私の使命をね」

「それじゃ、いったいどんな叡智を、飢えが与えてくれるというんですか？」ジョナスはうめき声で言った。記憶はもう終わったのに、胃の痛みは依然続いていた。

〈ギヴァー〉は語りはじめた。

「以前、きみが生まれる前だが、大勢《おおぜい》の市民が〈長老委員会〉に嘆願を出したことがあってね。かれらは出生率《しゅっしょうりつ》を上げることを望んでいた。そして、〈出産母〉が生涯に担う出産の回数を、一回増やして四回にしようとした。そうすれば人口が増加し、利用可能な〈労働者〉の数も増えるというわけだ」

ジョナスはうなずいた。「筋《すじ》が通ってますね」

「いくつかの家族ユニットは、新たに子どもを受けいれることができるという計画だった」

「うちなんかは可能ですね。今年はゲイブリエルをあずかることになりましたし。楽しいですよ、三人めの子どもが家に来るのは」ジョナスは言った。

「〈長老委員会〉は私に助言を求めてきた。かれらも筋の通った要望だと考えていたが、何しろ新しい試みだ。だから、私の叡智を必要とした」

「それで、記憶を使ったのですか？」

「そうだ。現れた最も強烈な記憶は飢餓《きが》だった。それは何世代も前の時代からやって来た。何世紀も昔のことだ。そのころ、人口があまりにも増えすぎたせいで、飢餓がいたるところに生じていた。すさまじい飢えと餓死《がし》の世界だ。その後に戦争が続いた」

センソウ？　ジョナスの知らない概念だった。だが、飢餓なら今ではもうよく知っていた。いやされぬ渇望《かつぼう》の苦しみがよみがえり、無意識に腹部《ふくぶ》をさすってしまう。

「その記憶を、かれらに説明したんですか？」

「かれらは痛みについて知りたがらない。助言を求めるだけだ。だから、ただこう忠告したよ。人口を増やすのはやめたほうがいい、とね」

「あの、さっき、それはぼくが生まれる前のことだっておっしゃいましたよね。かれらがあなたの助言を求めることはめったにない、ただ――ええとたしか、かれらが直面したことのない問題が発生した時だけなんですよね？　あなたが最後に助言を求められたのはいつなんです？」

「覚えているかね、飛行機がコミュニティの上空を飛んだ日のことを」

「はい。怖かったです」

「かれらも怯えていた。飛行機を撃《う》ち落とそうとした。だが、撃つ前に私の助言を求めてきたので、私は待つように言った」

「でも、あなたはどうやってわかったんです？　パイロットがコースをまちがえたことが、なぜわかったんですか？」

「パイロットのミスがわかったわけじゃない。叡智を使ったのだ、記憶の中からね。私は知りつくしていたのだよ、過去に何度も——数えきれないほど何度も——、人々が他の人々を滅《ほろ》ぼしてしまったケースをね。焦《あせ》り、恐怖にかられて他を滅ぼせば、やがて自らをも破滅《はめつ》させることになる」

ジョナスは少しわかった気がした。そこで、ゆっくりと言った。

「つまり、あなたは破滅の記憶をもっているわけですね。そして、ぼくにもそれを伝えなければならない。ぼくは、叡智を獲得《かくとく》しなければならないから」

〈ギヴァー〉はうなずいた。

「でも、苦しいですよ」ジョナスは言った。それは質問ではなかった。

「とてつもなく苦しいだろうね」と〈ギヴァー〉が答えた。

「だけど、どうしてみんなで記憶を分けもつようにできないんです？　ちょっとでも楽になるじゃないですか。みんなで記憶を共有すればいいんですよ。あなたとぼくの負担《ふたん》が多少でも軽くなりますよ、全員で分担《ぶんたん》すれば」

〈ギヴァー〉は嘆息した。

「そのとおりだね。だが、そうなるとすべての人が重荷を背負い、痛みにさいなまれることになる。かれらはそれを望まないのだ。これが本当の理由さ。〈レシーヴァー〉がかように欠くべからざる存在とされ、称えられることのね。かれらは私を選んだ——そしてきみも選ばれた。それは、自分たちの重荷をとりのぞくためだったのさ」

「いつそんなことが決まったんです？」ジョナスは憤慨《ふんがい》して言った。

「そんなの不公平ですよ。変えましょうよ！」

「どうやって変えればいい？　私には方法が思い浮かばなかった。そうして、あらゆる叡智を有するただ一人の人間ということになったのだ」

「だけど、今はぼくたち二人いるじゃありませんか」ジョナスは熱っぽく訴えた。

「力を合わせれば、何か考えつきますよ！」

〈ギヴァー〉は苦い笑みを浮かべてジョナスを見つめた。

「申し立てるだけでもやってみましょうよ、規則の改正について」ジョナスは提案した。

老人が笑いだしたので、ジョナスもしかたなしに小さく笑った。

「その決定は、ずっと昔になされたのだ。私やきみが生きているこの時代よりずっと前、以前の〈レシーヴァー〉よりさらに前、そして――」そこまで言って〈ギヴァー〉は待った。

「前へ、前へ、果てしなく前へ」

ジョナスは例のフレーズをまた言った。ユーモラスに響くこともあれば、奥深《おくふか》い意味を感じさせることもあるフレーズだ。

今その言葉は、忌《い》まわしい響きをともなっていた。ジョナスにはわかっていた。要するに、何も変わらないということなのだ。


ニュー・チャイルドのゲイブリエルはすくすくと成長していた。〈養育係〉が毎月行う発育度《はついくど》測定《そくてい》のテストも、無事《ぶじ》クリアした。一人で座ることもできるようになったし、小さなおもちゃに手を伸ばし、つかむこともできる。歯も六本生《は》えた。父が語ってくれたところによると、日中は元気よく過ごし、知能の働きも正常のようだという。しかしまだ夜泣《よな》きはおさまらず、しょっちゅうぐずるので、何度も見に行ってやらなければならなかった。

「これだけ特別の期間をもうけていっしょに過ごしたのだから」

ある晩、父が言った。入浴をすませたゲイブリエルは、ヒポーを抱いておとなしく寝ている。

今ではもう籠ではなく、小さなベビーベッドを使っていた。

「かれらが解放を考えていなければいいんだが」

「だけど、解放されたほうがいいのかもしれないわよ」母がそれとなく言った。「あなたは夜中に起こされても平気なのよね。でも私は寝不足《ねぶそく》がほんとにつらいの」

「ゲイブリエルが解放されたら、また別のニュー・チャイルドがお客さんで来る?」

リリーがきいた。ベビーベッドのわきにひざをつき、おかしな顔をして見せるリリーに、小さな客人《きゃくじん》が笑顔を返していた。

リリーの言葉に、母は目を白黒させてうろたえた。

「来ないよ」父がほほえみながら言った。リリーの髪をくしゃくしゃとかきまわす。

「めったにないことなんだよ、とにかく、ニュー・チャイルドの扱《あつか》いがゲイブリエルみたいに定まらないケースはね。たぶん、当分はないと思うよ」

父はためいきをついてさらに続けた。

「どっちにしろ、しばらくは決定が保留《ほりゅう》になるはずだよ。今はね、われわれみんな、おそらくもうすぐやらなきゃならない解放に備えているんだ。ある〈出産母〉が来月、双子《ふたご》の男の子を産む予定なんだよ」

「まあたいへん」母が首を振りふり言った。

「もし一卵性《いちらんせい》だったら、あなた任命からはずれるといいけど――」

「ところが私なんだなあ。順番でいくと次なんだ。決めなきゃならない、養育される子がどっちで、解放される子がどっちか。でも、たいていは難しくないんだ。生まれた時の体重で決まるから。二人のうち、小さいほうを解放するんだ」

ジョナスは父の話を聞きながら、唐突にあの橋のことを思った。あの時ジョナスは、橋のたもとに立ち、〈よそ〉には何が待ちうけているのだろうと考えていたのだった。そこに誰かが待っていて、解放された小さな双子のかたわれを受けとってくれるのだろうか。その子は〈よそ〉で育つのだろうか、このコミュニティに自分とそっくりの人間が暮らしていることなど、永久に知るよしもなく。

一瞬、ジョナスは小さな希望が胸にうち震えるのを感じた。あまりにばかげたことだとわかってはいたが、待っているのがラリッサならいいな、と考えたのだ。彼が入浴を手伝ったことのある老女である。彼女のキラキラした瞳、やわらかな声、静かな含み笑いが思いだされた。フィオナから最近聞いたのだが、ラリッサはすばらしい儀式で見送られ、解放されたとのことだった。

だが、わかっていた。〈老年者〉は子どもを育てたりしない。ラリッサの〈よそ〉での人生は、〈老年者〉にふさわしい、静かで平穏《へいおん》な日々だろう。今さらニュー・チャイルドを養育する責務《せきむ》を負うなど、喜びはすまい。食事を与え、世話をしなければならないうえに、夜泣きの面倒までついてくるのだから。

「お母さん、お父さん」ジョナスはふと思いついて言った。「今夜はゲイブリエルのベッドをぼくの部屋に置くことにしない？　ぼく、食事のあげかたも、あやしかたもわかるよ。そうすれば二人とも少しは眠れるでしょう」

父が疑《うたが》わしげに言った。「きみは熟睡しちゃうじゃないか、ジョナス。あの子がむずかっても、きみが目を覚まさなかったらどうするんだ？」

これにはリリーが答えた。

「誰も見に行かなかったら、あの子、大声で泣くわよ。そしたらみんな起きるじゃない、お兄ちゃんがずっと寝てても」

父が笑った。「まったくだ、リリー＝ビリー。よし、ジョナス、今夜だけやってみよう。私も今夜は休ませてもらうとしよう。お母さんも少しは眠らせてあげられるし」

ゲイブリエルは、夜の早い時間はぐっすり眠っていた。ジョナスはベッドに横たわり、しばらくは起きていた。時々ひじで体を起こしてベビーベッドのほうをうかがった。ニュー・チャイルドはうつぶせに寝ていた。腕を頭のわきにゆったり伸ばし、目をつむって、規則正しい安《やす》らかな寝息《ねいき》を立てている。やがてジョナスも眠りに落ちた。

真夜中《まよなか》近く、ゲイブリエルがむずかる物音で目が覚めた。ニュー・チャイルドはベッドカバーの下で身もだえし、手をしきりに動かしてぐずりだしていた。

ジョナスは起きてベビーベッドのところへ行った。ゲイブリエルの背中を優しくたたいてやる。これだけで寝かしつけられることもあるのだが、今夜はまだジョナスの手の下でむずかり、もがきつづけている。

リズミカルに背中を軽くたたきながら、ジョナスは記憶を回想しはじめた。〈ギヴァー〉が最近与えてくれた、すばらしい船遊びの記憶だ。うららかなすがすがしい日、ターコイズブルーの澄んだ湖。さわやかな風を切って船を進めるにつれ、頭上には白い帆《ほ》が風をはらんでふくらむ。

記憶を伝えているつもりはなかった。だが、ふいに気づいた。光景がしだいにぼやけ、彼の手をすり抜け、ニュー・チャイルドの中へ注がれていった。ゲイブリエルが泣きやんだ。驚いたジョナスは、精神を集中させて残っていた記憶を一気に引きもどした。小さな背中から手を離し、無言のままベビーベッドの横に立ちつくした。

自分の意識に向けて、船遊びの記憶をたぐり寄せてみる。光景はまだそこにあったけれど、空の青さはいくぶんぼやけ、静かに進む船の速度はさらに落ち、湖水《こすい》は濁《にご》ってしまっていた。しばらくそのまま記憶の像を保ち、ジョナスは今の出来事による緊張を鎮《しず》めた。それから記憶を消えるにまかせ、ベッドに戻った。

もう一度、夜明け少し前に、ニュー・チャイルドは目を覚まして泣いた。再びジョナスはゲイブリエルのもとへ行った。今度は注意深く、背中に手を置いたままにし、残っていたおだやかな湖上《こじょう》の光景を解きはなった。やはりゲイブリエルは寝ついた。

ジョナスは、横たわったものの眠らずに考えていた。もはやあの記憶は、かすかな名残《なごり》を残して彼から消えていた。それがあった場所に、ぽっかり小さな穴が開いたような気がした。〈ギヴァー〉に頼めば、ほかの船遊びの記憶をもらうことができるだろう。次はひょっとして海での船遊びかもしれない。海じたいの記憶はもう受けとっていたし、どんなものかも知っていた。海にも帆船《はんせん》が浮かんでいるらしいから、おそらくこれから受けとる記憶に出てくるはずだ。

しかし、〈ギヴァー〉に包み隠さず話すべきだろうか？　「記憶を渡してしまった」と。ジョナスには、まだ〈ギヴァー〉としての資格《しかく》はない。ゲイブリエルにしても、〈レシーヴァー〉に選ばれたわけではない。

自分にそんな力があることが怖くなった。〈ギヴァー〉には黙っていることに決めた。

15

〈別館〉の部屋に入るなり、ジョナスは悟った。今日は訓練なしに帰される日だ。〈ギヴァー〉は椅子に座って身をこわばらせ、手で顔を覆っていた。

「明日また参《まい》ります」ジョナスは早口に言った後、遠慮《えんりょ》がちにつけたした。「何かお手伝いできることがなければ」

〈ギヴァー〉はジョナスを見上げた。顔は苦痛でゆがんでいた。

「頼む、少しばかり痛みをひきうけてくれ」老人は苦しそうに言った。

ジョナスは彼に手を貸してベッドわきの椅子まで連れていくと、急いで上着を脱ぎ、ベッドにうつぶせになった。

「手を置いてください」老人があまりの苦痛でどうすればいいかわからないのではないかと思い、ジョナスは指示を出した。

背中に手が置かれ、その指先からじわりと痛みが伝わってきた。ジョナスは気持ちを引きしめ、〈ギヴァー〉を苦しめている記憶の中へと入った。

気がつくと、混沌《こんとん》と喧噪《けんそう》に満ちた、悪臭《あくしゅう》ただよう場所にいた。陽ざしの様子から夜明けだとわかった。空気は重たく煙《けむ》っていた。黄色や茶色の煙が地面から立ちのぼっている。見回せばいたるところ、野原のような土地一面に、大勢の人が倒れてうめいていた。狂気《きょうき》の目をした馬が、ちぎれた手綱《たづな》や轡《くつわ》をぶらさげたまま、折り重なった人間の山の間を半狂乱《はんきょうらん》で駆け回っていた。馬は首を振り、怯えていないないていたが、ついによろめき、どう、と倒れ、そのまま二度と起きあがらなかった。

すぐ横で人の声がした。「水」

渇《かわ》きでしわがれた、ささやくような声だった。

ジョナスは振りむき、声の主《ぬし》の半開《はんびら》きになった目に見入った。ジョナスとさほどちがわない歳《とし》格好《かっこう》の少年だった。顔も、もつれた金髪も、泥《どろ》で汚れていた。力なく手足を伸ばして横たわっている。グレーの軍服は鮮血《せんけつ》でべっとりと濡れ、ぎらついていた。

殺戮《さつりく》の色彩はグロテスクなまでにあざやかだった。ほこりだらけの粗悪《そあく》な布地を濡らす血の深紅《しんく》、黄金《こがね》色の髪に張りついた草の切れ端《はし》のはっとするような緑。

少年はジョナスを見つめ、再び懇願するように「水」と言った。しゃべった拍子《ひょうし》に口から血がごぼっと噴《ふ》きだし、ざらついた服地の胸や袖を濡らした。

ジョナスの片腕は痛みで動かなかった。見ると、自分の裂《さ》けた服の袖から何かが露出《ろしゅつ》している。ズタズタになった肉と砕けた骨のようだ。もう一方の腕を無理に上げてみると、かろうじて動いた。ゆっくりとわきに伸ばしたら、金属の容器に手が触れた。ふたをはずす。手を少しずつ動かしては休み、突如襲ってくる激痛が治まるのを待った。ようやくふたが開いたので、血に染《そ》まった大地の上に腕をそろそろと伸ばし、少年の唇に容器をあてた。待ちわびていた口に水が流れこみ、ほこりまみれのあごをしたたり落ちた。

少年は吐息をついた。とたんに首が仰向《あおむ》けに倒れ、下あごががくりと落ち、まるで何かに驚いたような顔になった。どんよりした無表情がゆっくりと目を覆っていき、彼は静かになった。

喧噪はあたり一帯で続いていた。負傷《ふしょう》した人の泣き叫ぶ声、水をくれと請《こ》う声、母を呼ぶ声、殺してくれとわめく声が鳴り響いている。倒れた馬たちはいななき、首を振りあげ、やみくもにひづめで空《くう》を掻《か》いている。

彼方《かなた》で砲撃音《ほうげきおん》が聞こえた。ジョナスは痛みにうちのめされ、横たわったまま、すさまじい悪臭の中で何時間も過ごした。人間や動物の断末魔《だんまつま》の声を聞くうちに、戦争の意味を理解した。ついに、もはや耐えきれない、死んだほうがましだと思って目を開けた。いつものようにベッドの上だった。

〈ギヴァー〉は顔を背《そむ》けた。自分がジョナスに対してしたことを正視《せいし》できないといったふうだった。「許してくれ」と彼は言った。

16

もう戻りたくなかった。記憶など欲しくなかった。名誉も叡智もいらなかった。痛みを味わうのはこりごりだった。幼年の日々に帰りたい、すりむいたひざこぞうと野球ざんまいの日々がなつかしい。ジョナスは家にひとり座り、窓の向こうを眺める。子どもたちが遊んでいる。市民が今日もつつがなく仕事を終え、自転車で帰ってくる。苦痛に縁のない、ありふれた日々。それが可能なのも、ジョナスが彼以前の〈レシーヴァー〉たちと同様、人々の重荷を担うべく選ばれたからなのだ。

だが、ジョナスに選択の余地《よち》はなかった。彼は毎日〈別館〉の部屋へと戻っていった。戦争の凄惨《せいさん》な記憶をジョナスに分かち与えたあの日以来、しばらくの間、〈ギヴァー〉はことのほか優しかった。

「楽しい記憶は山のようにある」老人はジョナスに言った。それは本当だった。今ではジョナスは、数えきれない幸福の場面を、過去に味わったことのない歓びを経験していた。

誕生日パーティーの場面を見たことがある。一人の子どもだけが選びだされて、自分の生まれた日にお祝いをしてもらうのだ。ジョナスはそれ以来、特別でかけがえのない、自尊心《じそんしん》をもった一人の個人として扱われることの歓びを理解した。

美術館《びじゅつかん》を訪れ、色という色にあふれた絵画を見たこともある。今ではそれらの色をすべて知っていたし、名前を言うこともできた。

歓喜に満ちたある記憶の中では、輝く毛並《けな》みをした栗毛《くりげ》の馬にまたがり、湿った草の匂いのする草原を疾駆《しっく》した。小川のほとりで馬の背から降り、馬といっしょに冷たく澄んだ水でのどをうるおした。今では動物のことがよくわかった。その記憶の中で馬は小川から首を上げると、ジョナスの肩を親しげに頭でこづいた。ジョナスは動物と人間の絆《きずな》というものを理解した。

森を散策《さんさく》したこともある。夜は焚《た》き火《び》のそばに座って過ごした。この記憶を通して喪失感やさびしさを知ったが、同時に孤独とその歓びもよくわかった。

「あなたの好きな記憶はどんなのですか？」とジョナスは〈ギヴァー〉にたずね、急いでつけたした。

「あ、でもまだぼくに伝えてくれなくていいんです、教えてくださるだけで。楽しみができますから。どっちにしても、あなたの仕事が完了《かんりょう》する時には受けとることになるんですし」

すると〈ギヴァー〉はほほえんで言った。

「横になりなさい。きみにこの記憶を渡せてうれしいよ」

記憶が始まってすぐに歓びが伝わってきた。どうふるまえばいいのか、どこにいるのかわかるまでに時間がかかることもあったが、今回はすぐその場になじみ、記憶にみなぎる幸福感を即座に感じることができた。

部屋の中は人でいっぱいだった。暖炉《だんろ》にあかあかと火が燃え、暖かだった。窓の外は夜で、雪が降っている。部屋には色とりどりの明《あ》かりが灯《とも》っていた。木の枝に赤、緑、黄色の光がきらめいている。奇妙なことに、その木は部屋の中にあった。テーブルの上では、磨《みが》きあげられた金色の燭台《しょくだい》にろうそくが燃え、やわらかな火影《ほかげ》をゆらめかせていた。料理の匂いがたちこめ、なごやかな笑い声がさざめいている。黄金色の毛をした犬が床に寝そべっていた。

床にはいくつもの包みが置かれていた。どれも色あざやかな包装紙《ほうそうし》でくるまれ、キラキラ光るリボンがついている。見ていると、幼い男の子が包みを拾いあげ、部屋にいる人々に配りだした。彼はほかの子どもたちに、明らかに両親と思われる二人の大人に、そして長椅子《ながいす》に並んで座りほほえんでいる、もっと歳かさのもの静かな一組の男女にと、順に包みを手渡していった。

人々がめいめい包みのリボンをほどきはじめた。きれいな包装紙をはがして箱を開け、おもちゃや服や本をとりだした。部屋は歓声《かんせい》に沸《わ》きたち、みなが抱擁《ほうよう》しあった。

包みを配った子が老女のところへ歩みより、ひざの上に座った。老女は彼を抱いて揺すり、頬ずりをした。

ジョナスはそこで目を開けたが、しばし満ち足りた気持ちで横たわり、記憶の暖かく心地よい歓びに浸《ひた》っていた。そこにはすべてが、彼が大切にすることを学んだすべてのものがあった。

「何をとらえたかね？」と〈ギヴァー〉がきいた。

ジョナスは答えた。「ぬくもりです。それから幸福。それに――ええと、家族。何かのお祝いでした、祝日《しゅくじつ》の。ほかにも何かあった――だめだ、言葉が見つかりません」

「やがてわかるさ」

「あの歳とった人たちは誰です？　なぜあそこにいたんでしょう？」

ジョナスは、あの二人が部屋にいたことに当惑していた。コミュニティの〈老年者〉は、かれら専用の場所である〈老年の家〉を離れることはない。そこでなら十分に世話をされ、尊敬を受けられるからだ。

「〈祖父母《そふぼ》〉と呼ばれていた人たちだ」

「〈総父母《そうふぼ》〉？」

「〈祖父母〉だよ。『両親の両親』を意味する言葉だったのだ、ずっと昔にね」

ジョナスは笑いだした。「前へ、前へ、果てしなく前へ、ですか。それじゃ、両親の両親の、そのまた両親の両親がいるってことになりますね」

〈ギヴァー〉も笑った。

「そのとおりだ。合わせ鏡にちょっと似ているね。鏡に映った自分が背後の鏡に映っていて、その背後の鏡にはまた鏡に映った自分が映っている」

ジョナスは難しい顔つきになって言った。「それじゃあ、ぼくの両親にも両親がいたってことになりますよね！　考えたこともなかったです。誰なんでしょう、僕の両親の両親て？　その人たちは、どこにいるんですか？」

「〈公開文書館〉で調べることができるよ。名前もわかるだろう。だが、考えてごらん。きみが子どもを申請したとしよう。すると誰が、その子らの両親の両親になるのだね？　誰がきみの子どもたちの祖父母にあたるんだい？」

「ぼくの母と父です、もちろん」

「きみのご両親はその時、どこにいる？」

ジョナスはしばし考えこんでから、ようやく「ああ」と言った。

「ぼくが訓練を終えて正式な大人と認められたら、自分の住居を与えられることになります。妹のリリーもです。ぼくより数年遅れて彼女も自分の住まいをもらい、申請して通ればおそらく配偶者や子どもも得るでしょう。その時、ぼくたちの母と父は――」

「そういうことだ」

「働いてコミュニティに貢献している間は、ほかの〈子どものいない大人〉たちといっしょに暮らすでしょう。その時には、かれらはもうぼくの人生に何のかかわりもない。そうしてその後は、時が来たら〈老年の家〉へ行く」

ジョナスは続けた。話しながら考えていた。

「そこでは十分に世話をされ、尊敬を受けて暮らす。やがて解放の時が訪れ、祝福の儀式が行われる」

「その儀式にきみは参列しない」

「もちろんです。知りもしないでしょうからね。そのころにはぼくは自分の生活で忙しいはずだし、リリーだってそうです。だから、ぼくらの子どもは――もし子どもをもてばの話ですが――永遠に知らずに過ごすわけですね、誰が自分の親の親なのかを。

うまくいっていますよね？　ぼくたちのコミュニティのやりかたは。想像したこともありませんでした、ほかのやりかたがあるなんて。さっきの記憶を受けとるまでは」

「うまくいっているさ」と〈ギヴァー〉は同意した。

ジョナスはためらいがちに言った。

「でもぼく、すごくいいと思いました、さっきの記憶。あなたがこの記憶を好きな理由がわかりました。あそこで感じたことのすべてを表すぴったりした言葉はつかめませんでしたが、あの部屋には、とても強い感情があふれていました」

「愛だよ」〈ギヴァー〉が告げた。

「アイ」ジョナスも口にしてみた。初めて聞く言葉であり、概念だった。

二人はしばし黙りこんだ。ジョナスが先に口を開いた。「〈ギヴァー〉」

「何だね」

「こんなこと言うのは、ばかげているとは思うんですが。あまりにもばかばかしいことで」

「そのような前置《まえお》きは必要ない。ここでは、ばかげたことなど何もないのだから。記憶を信じなさい。そして、記憶の中できみが感じたこともね」

「あのですね」ジョナスは床を見つめながら切りだした。

「あなたは、もうあの記憶を失っているわけですよね。ぼくに与えてしまったのですから。だから、おわかりいただけないかもしれないのですが――」

「そんなことはないさ。わずかながら名残がのこっているから。それに私の中には、ほかにもまだたくさんの記憶があるのだよ、家族や祝日、幸福、そして愛についての記憶が」

ジョナスは、感じたことを洗いざらいうちあけることにした。

「ぼく、考えてたんです……いや、わかってはいるんですよ。あんなふうに〈老年者〉といっしょに生活するのが、非実用的なやりかただということは。あれじゃ歳をとった人たちが、今のように満足なケアを受けられないですもの。だからこそ、ぼくたちはより適切なやりかたを選んだ。

だけどとにかく、ぼくは考えていたんです、いや、感じていたんです。こういうのも悪くないな、って。こういう暮らしだったらいいなとさえ感じました。それに、あなたがぼくの祖父だったら、なんて考えたりもしました。記憶の中のあの家族は、何というか、もう少し――」

ジョナスはそこで口ごもった。欲しい言葉が見つからなかった。

「もう少し、完全だ」〈ギヴァー〉が示唆《しさ》した。

ジョナスはうなずくと、正直に言った。

「ぼく、愛という感情が好きです」言いながら、誰にも聞かれていないことを再確認したくて、そわそわと壁のスピーカーに目をやった。

「ああいう暮らしかたもできればいいのにと思います」と声をひそめて言うと、すぐにあわててつけくわえた。

「もちろん、よくわかってます。うまくいかないだろうってことは。それに、現在のようなやりかたが構築《こうちく》されるべきだったということも。あんな暮らしかたは危ないですからね」

「どういうことだね？」

ジョナスはためらった。何を言おうとしているのか、自分でもよくわかっていなかった。漠然とわかっていたのは、そこに危険がともなうということだった。しかしどのような危険かはわからなかった。

「つまり」と彼はようやく言った。とにかく説明してみようと思った。

「あの部屋では火が使われていました。暖炉に火が燃えていたんです。それに、テーブルにはろうそくがありました。なぜああいうものが禁じられることになったのかは、まちがいなくわかります。それでも」

ジョナスはゆっくりと続けた。ほとんど自分自身に対して言っていた。

「あの人たちが灯していた明かりが、ぼくは好きです。そして、あのぬくもりも」

「お父さん、お母さん」夕食後、ジョナスはおずおずと切りだした。

「質問があるんだけど」

「何だい、ジョナス」父がきいた。

恥ずかしさに顔が赤らむのを感じたが、思いきってその言葉を口にした。〈別館〉から帰る道すがら、心の中で何度もリハーサルをしたのだった。

「ぼくを愛してる？」

一瞬、気まずい沈黙が訪れた。やがて父がフッと笑った。

「ジョ・ナ・ス。きみらしくもない。言葉は正確に使いなさい、頼むよ！」

「どういう意味？」ジョナスはきいた。笑われるとは思ってもみなかった。

「お父さんはね、あなたがすごく抽象的《ちゅうしょうてき》な言葉を使ったと言ってるのよ。今では意味がなくなって、ほとんど使われない言葉ですもの」母がていねいに説明した。

ジョナスは両親をじっと見つめた。意味がない？　ジョナスにとって、あの記憶ほど意味にあふれたものはそれまでなかったのに。

「それから、わかってると思うけど、言葉を正確に使わないとコミュニティがうまく機能しなくなってしまうわ。あなたはこうきけたでしょう、『ぼくといて楽しい？』と。答えは『楽しい』よ」

母は言った。

「あるいは」と父が続けた。

「『ぼくの達成したことを誇りに思う？』とね。そうしたら私は心の底から答えるよ。『誇りに思うよ』とね」

「わかるわね、『愛』なんていう言葉がなぜ不適切なのか」母が念を押した。

ジョナスはうなずき、のろのろと答えた。「うん、ありがとう、わかるよ」

両親に、初めて嘘をついた。

「なあゲイブリエル」

ジョナスはその夜、ニュー・チャイルドにささやきかけた。ベビーベッドは今日も彼の部屋に来ていた。ゲイブがジョナスの部屋で四夜もぐっすり眠ったので、両親は、実験は成功した、ジョナスは英雄《えいゆう》だ、と宣言《せんげん》した。ゲイブはみるみる成長し、今ではきゃっきゃと笑いながらはいはいで部屋を動き回るし、つかまり立ちもできる。もう眠れるようになったから、〈養育センター〉で通常の扱いに格上《かくあ》げされるだろう、と父がうれしそうに言った。一二月には公式に命名され、家族を与えられるだろう。それまであとたった二か月だ。

ところが、ジョナスの部屋を離れるとゲイブはまた寝つかなくなり、夜泣きをした。

そこでニュー・チャイルドはジョナスの寝室に戻されたのだった。もう少し時間をかけてみようということになったのである。ゲイブはジョナスの部屋が気に入っているようだから、そこでなら夜、少しは長く眠るだろう。熟睡の習慣が完全に身につくまでの話だ。〈養育係〉たちはゲイブリエルの将来についてごく楽観的《らっかんてき》だった。

ジョナスのささやきに答えは返ってこなかった。ゲイブリエルはぐっすり眠っていた。

「ものごとは変えられるんだよ、ゲイブ」ジョナスは続けた。

「ものごとはちがうふうにもありうるんだ。どうすればそれができるかはわからないけど、ちがうやりかたが必ずあるはずなんだ。色のある世界だって可能なんだよ。それに、おじいさんとおばあさんがいる世界だってね」

ジョナスは、薄闇《うすやみ》を通して寝室の天井にじっと目を据《す》えながらささやきつづけた。

「誰もが記憶をもつことだって、ありえるんだ。きみは記憶を知っているよね」

ジョナスはそう言うとベビーベッドのほうを向いた。

ゲイブリエルは規則正しく深い寝息を立てていた。ジョナスは、ゲイブといっしょの夜が気に入っていた。だが、秘密ができてしまったことには少し後ろめたさを感じていた。夜はいつも、ゲイブリエルに記憶を注いでいたのだ。天気のいい日のボート遊びやピクニックの記憶、窓ガラスに降りかかる優しい雨の記憶、湿った芝生の上を裸足《はだし》で跳ね回る記憶。

「ゲイブ?」

ニュー・チャイルドがわずかに寝がえりを打った。ジョナスはゲイブのほうを見やり、再びささやいた。

「愛はあるんだよ」

次の日の朝、ジョナスは初めて錠剤を飲むのをやめた。彼の中の何かが、記憶を通して育《はぐく》まれた何かが彼に告げたのだ。錠剤など棄《す》ててしまえ、と。

17

「告知シマス。本日ハ臨時《リンジ》ノ休日トシマス」

ジョナスも両親もリリーも驚いて振りかえり、声が流れてきた壁のスピーカーを見た。臨時の休日はめったにない。だから、この告知はコミュニティの誰にとっても格別《かくべつ》うれしい知らせだった。大人は仕事に行かなくてすむし、子どもは学校や訓練や奉仕活動を免除される。そういう日は、別途《べっと》に休日を与えられる代替要員《だいたいよういん》の〈労働者〉たちが、乳幼児《にゅうようじ》のケアや食事の配達、〈老年者〉の世話など、必要なすべての仕事を引きうけた。そうしてコミュニティに自由が訪れる。

ジョナスは歓声を上げると、宿題のファイルを机に戻した。登校する直前だったのである。学校は、いまやジョナスにとってさして重要ではなくなっていた。遠からず正規《せいき》の学校教育も終わるだろう。だが今のところはまだ〈一二歳〉たちは、大人としての訓練がすでに始まったとはいえ、気が遠くなるほどたくさんの規則を覚えたり、最新の技術を習得したりしなければならなかった。

ジョナスは両親と妹、それにゲイブに「よい休日を」と告げ、自転車道をこいでいった。アッシャーを探すつもりだった。

ジョナスが錠剤を飲まなくなってもう四週間になる。〈高揚〉が再び訪れ、ジョナスは眠りとともに訪れる喜ばしい夢にいくぶんの後ろめたさを感じ、恥じらっていた。だが彼にはわかっていた。ぼくはもう戻れない、これまでずっと暮らしてきたあの感覚のない世界には。

しかも、新しい、とぎすまされた感覚は、睡眠中だけでなく起きている時間にも広がりつつあった。錠剤をやめたせいも多少はあるだろうが、ジョナスはこの新たな感覚は、記憶がもたらしたものでもあると考えていた。今ではあらゆる色を知覚できたし、しかも持続させることができるようになっていた。木も草も茂みも、いつも緑色に見えた。ゲイブリエルの健康そうな頬は、彼が眠っている最中もバラ色のままだったし、リンゴはいつでも、ずっと赤い色をしていた。

記憶の中で、ジョナスは海や山中の湖、森を流れるせせらぎを見た。そして今では、遊歩道《ゆうほどう》わきを流れる見なれたはずの幅広《はばひろ》い川が、それまでとはちがって見えた。水面のきらめきや水の色、そのゆったりとした流れに抱かれ運ばれてゆく川の歴史を、あますところなく感じとれるようになったのだ。それに、この川が流れてくる〈よそ〉があることも、この川が流れていく〈よそ〉があることも、もうわかっていた。

予期せぬ不意の休日に、ジョナスは幸福を感じた。休みはいつでもうれしいものだったが、今日の幸福感は以前とは比べものにならないくらい強かった。ジョナスはいつもと同じように、言葉の正確さを吟味《ぎんみ》してみた。たどりついた結論は、自分は今、感情の新たな深度を経験しつつあるのだ、ということだった。そして、どうやらそうした感情は、毎晩各家庭で市民たちが果てしないおしゃべりによって分析《ぶんせき》しているような感情とは、似ても似つかぬものだった。

「あたしあたまにきたの、だってあの子、遊び場の規則を守らないんですもの」

リリーは以前、そう話した。小さな手で握りこぶしをつくり、憤慨の気持ちを表しながら。家族たちは——ジョナスもそこにいた——この出来事について話しあった。その子たちが規則を破った理由は何かとか、相互理解と忍耐《にんたい》の必要性といったことを語りあい、やがてリリーはこぶしをほどき、怒りもおさまったのだった。

しかし、リリーは怒りを感じていたのではない。今ではジョナスにはよくわかる。底の浅い短気さといらだち、それがリリーの抱いた感情だったのだ。怒りというものが何かを知った現在、彼にはそう確信できた。記憶の中でジョナスは不正と残忍《ざんにん》さを体験し、憤怒《ふんぬ》の念をもってそれに反応した。彼の胸にこみあげた感情はあまりに激しいものだったので、それについて夕食の席でおだやかに語りあうなど、とうてい不可能に思われた。

「今日は悲しいことがあったの」と母が語り、家族が彼女をなぐさめたこともある。

だが、今ではジョナスは本当の悲しみを、悲嘆《ひたん》という感情を体験していた。そしてそうした激情を、二言《ふたこと》三言《みこと》のなぐさめの言葉でいやすことなどできないとわかっていた。

心の奥深くにある感情は、語る必要はない。感じるものなのである。

そして今日、ジョナスは幸福を感じていた。

「アッシャー！」ジョナスは親友の自転車を見つけた。運動場の端《はし》の木に立てかけてある。そばの地面には、ほかの子たちの自転車も雑然《ざつぜん》と転がしてあった。休日は、秩序を保つふだんの規則を無視してもよいのだった。

ジョナスは急ブレーキをかけて止まると、それらのそばに自分の自転車を放りだした。

「おい、アッシュ！」と大声で呼び、あたりを見回した。運動場には誰の姿も見えなかった。

「どこだよ？」

「バキューン！」誰かの声がした。近くの茂みの背後から聞こえたようだ。何かの音をまねている。

「バン！　バン！　バン！」

ターニャという名の〈一一歳〉の女の子が、よろよろした足どりで隠れ場所から姿を現した。芝居がかった動作《どうさ》で腹部を押さえ、うめきながらよたよたとジグザグに歩いている。「やられたあ！」と叫ぶと地面に倒れこんだ。顔はニヤニヤ笑っている。

「バーン！」

ジョナスは運動場の端に立っていたが、それがアッシャーの声だと気づいた。親友は想像上の武器を手に狙《ねら》いを定め、木から木へと身を隠しながら走り回っていた。

「バーン！　おまえ、おれの奇襲《きしゅう》作戦のコースに入っちゃってるぜ、ジョナス！　気をつけろよ！」

ジョナスは後ずさりした。アッシャーの自転車の背後《はいご》へ回ってひざをつき、友人たちの視界から姿を消した。ジョナス自身もほかの子たちとよくやったゲームである。善玉《ぜんだま》と悪玉《あくだま》に分かれて戦う遊びで、たわいのない気晴《きば》らしだった。みなこれで、秘《ひ》めたエネルギーを使い果たした。何しろ、全員がおかしなポーズで地面に倒れるまでゲームが終わらないのである。

これまでは知るよしもなかった、これが戦争ごっこだとは。

「攻撃《こうげき》！」遊び道具が保管されている小さな倉庫の背後から叫び声が響いた。裏から三人が駆けだしてきた。手に手に想像上の武器を持ち、射撃態勢《しゃげきたいせい》をとっている。

運動場の反対側から応じる声がした。「反撃《はんげき》！」

すると身を隠していた大勢の子どもが――フィオナもその中にいた――飛びだしてきて、中腰《ちゅうごし》で走りながら、にせの銃で撃《う》ちあった。何人かが立ち止まり、自分の肩や胸を大げさな身ぶりで押さえ、撃たれた芝居をした。地面にばったり倒れ、笑いをこらえている。

ジョナスのうちに感情が湧きあがってきた。気づいたら「戦場」に向かって歩きだしていた。

「撃たれただろ、ジョナス！」アッシャーが木の陰からどなった。

「バン！　また撃たれたぞ！」

ジョナスは、ひとり「戦場」の中央に立った。倒れていた子たちは頭を上げ、いぶかしげにジョナスを見つめている。攻撃中だった軍勢《ぐんぜい》も速度を落とし、中腰の姿勢を解《と》いて、何が始まるのかと見守った。

心にあの少年の顔が浮かんだ。戦場に瀕死《ひんし》の身を横たえ、水をくれとジョナスに懇願した少年の姿。突然、息が詰まるのを感じた。まるで呼吸のしかたを忘れてしまったかのようだった。

一人の子が架空《かくう》の小銃《しょうじゅう》をかかげ、口まねの銃声でジョナスを倒そうとした。

「バキューン！」

その後はみな静まりかえり、気まずそうに突っ立っていた。聞こえるのは、ジョナスの震えるような呼吸の音ばかりだった。彼は泣きだしそうになるのを必死でこらえていた。

徐々に、何も起きないし変化しないと見てとると、子どもたちは互いにそわそわと顔を見合わせ、その場を去っていった。友人たちが自転車を起こしてサドルにまたがり、運動場から外へ通じる道を走り去っていくのが聞こえた。

アッシャーとフィオナだけが残った。

「どうしたの、ジョナス。ただのゲームじゃない」フィオナが言った。

「おまえのせいで台なしだよ」アッシャーがいらだった声で言った。

「もうやらないでくれよ、このゲーム」ジョナスは嘆願するように言った。

「おれは未来の〈レクリエーション副監〉だぞ」アッシャーは怒って反論した。「ゲームはおまえの領分《りょうぶん》じゃないだろ、専門認識もないくせに」

「専門知識だ」ジョナスは反射的にアッシャーの言いまちがいを正した。

「何だっていいよう。おまえに、おれたちが何をして遊ぶか指図《さしず》する権利はないはずだ。たとえおまえが未来の〈レシーヴァー〉であってもだ」

アッシャーはそう言うと、ジョナスの顔をうかがい、ボソボソとつけたした。

「今ぼくは、あなたが当然受けるべき敬意をはらいませんでした。おわびします」

「アッシャー」とジョナスは言った。自分の言いたいことを正確に伝えたかったので、できるだけ慎重に言葉を選んで、誠心誠意《せいしんせいい》話そうとした。

「みんな知らなくて当然なんだ。おれだって、つい最近知ったんだもの。でも、これは残酷《ざんこく》なゲームだよ。昔、あったんだ――」

「おれはおわびしますって言ったぞ、ジョナス」

ジョナスはためいきをついた。むだだ。あたりまえだ、アッシャーにわかるはずがない。

「謝罪をうけいれます、アッシャー」ぐったりしてジョナスは答えた。

「ちょっと川べりをサイクリングしない？　ジョナス」フィオナが言った。心配そうな面持ちで唇を嚙んでいる。

ジョナスはフィオナを見た。なんてかわいいんだろう。ほんの一瞬、ジョナスは考えた。これほど楽しいことがほかにあるだろうか。川べりの道を自転車でのんびり走りながら、おしゃべりしたり笑いあったりする。それも心優しいガールフレンドと。だが、わかっていた。もうそういう時間は自分から奪われているのだ。ジョナスは首を振った。少しためらった後、二人の友はきびすを返すと、自転車のところへ向かった。ジョナスは二人が去るのを見送った。

重い足どりで倉庫わきのベンチまで歩き、腰を下ろした。喪失感におしつぶされそうだった。幼年時代、友情、屈託《くったく》のない安心感——そうしたすべてが消え去ろうとしているように思われた。獲得したばかりのとぎすまされた感覚が、ジョナスをうちのめした。友人たちが笑ったり叫んだりして戦争ごっこに興《きょう》じている様子が、悲しくてしかたなかったのである。

だが、かれらがこの悲しみを理解できないのも無理はないと思った。かれらは記憶をもっていないのだから。ジョナスはアッシャーとフィオナに深い愛情を感じていた、けれども二人はその愛情を返してはくれないだろう。記憶がないのだから。そしてジョナスは、かれらに記憶を与えることもできない。彼ははっきりと悟った。ぼくには何ひとつ、変えられやしないんだ。

夜、家族全員がそろうと、リリーが楽しげにおしゃべりを始めた。楽しい休日だった、お友だちと遊んだ、お昼は外で食べた、それに（と彼女はうちあけた）、ちょっとだけ、こっそりお父さんの自転車に乗ってみた。

「待ちきれないんだもの、来月じぶんのをもらうまで。だけどお父さんのは大きすぎたわ、落っこっちゃった」こともなげにそう言うと、リリーは続けた。

「よかったあ、ゲイブがチャイルドシートに乗ってなくて！」

「ほんとによかったこと」母は同意したが、娘がそんなことを考えたのに眉をしかめていた。ゲイブリエルは自分が話題になっているのに応《こた》えて手を振っている。

ゲイブはつい先週、歩けるようになったばかりだった。父の話によれば、ニュー・チャイルドが歩きはじめると必ず〈養育センター〉でお祝いがあるのだが、これは同時に懲罰棒の導入《どうにゅう》を告げる出来事でもある。父は今では細くしなる道具を毎晩家に持ち帰り、ゲイブリエルの不作法に備えていた。

だが、ゲイブリエルはだだをこねたりしない、おおらかな子どもだった。今、彼はよちよちと危なっかしい足どりで部屋を歩き回り、けたけた笑っている。「ゲイ！」と高い声で叫ぶ。自分の名前を言っているのである。

ジョナスは気持ちが明るくなった。気のめいる一日だった。朝はあんなに心がはずんでいたのに。それでも、何とか陰気《いんき》な考えを押しのけた。そうだ、リリーに自転車の乗りかたを教えてやろう。今から練習すれば、〈九歳の儀式〉が終わった後、さっそうと走り去る姿をみんなに見せることができる。妹の〈儀式〉はもうまもなくだ。信じられないけれど、もうすぐまた〈一二月〉がやってくるんだな。もうちょっとで一年たつんだ、ぼくが〈一二歳〉になって。

ジョナスは、ほほえましくニュー・チャイルドをうち眺めた。ゲイブは小さな足を片方ずつ注意深く床に下ろしながら、自分の歩みを試してみてははしゃぎ、にこにこ笑っている。

父が言った。「今日は早く寝たいんだ。明日は忙しいからね。例の双子が明日産まれるんだよ。検査結果で一卵性だとわかった」

「ひとりはこちら、ひとりは〈よそ〉」リリーが唱《うた》うように言いだした。

「ひとりはこちら、ひとりは——」

「お父さんが小さいほうの子を〈よそ〉へ運んでいくの？」とジョナスはたずねた。

「いや、お父さんは、ただ選べばいいだけなんだ。二人の体重を測《はか》って、重いほうを横で待機している〈養育係〉に引き渡す。それから、軽いほうの子をきれいに拭いてもらって、こざっぱりさせてやる。そのあと、簡単な〈解放の儀式〉をする。そして——」

父はそこでゲイブリエルを見下ろし、にっこり笑った。

「バイバイ、って手を振るんでちゅよ」

父がニュー・チャイルドに話しかける時の、とりわけ甘ったるい声だった。そうしておなじみの身ぶりで手を振って見せると、ゲイブリエルはきゃっきゃっと笑い、自分も手を振りかえした。

「それで、誰かその子を引きとりに来るの？　〈よそ〉から誰かが」

「そのとおりさ、ジョナス＝ボーナス君」

ジョナスはあきれた。父がくだらない愛称《あいしょう》を使ったので恥ずかしくなった。

じっと考えこんでいたリリーが話しだした。

「ねえ、どうなるのかしら。もし〈よそ〉へ行った双子ちゃんの一人に、たとえばよ、そうだ、ジョナサンて名前をつけたとするわね。それでこんどはこっちの、あたしたちのコミュニティに残ったほうの子が、命名でやっぱり同じジョナサンて名前になったとするじゃない。そしたら、同じ名前の子が二人いることになって、それにその二人は顔がそっくりなわけよね。それでいつか、そうね〈六歳〉になったときにさ、〈六歳〉のグループが別のコミュニティを訪問するわけよ。バスに乗って行くの。で、行った先のコミュニティにも、もう一つの〈六歳〉グループがあって、ジョナサンて子がいるわけ。その子はもう一人のジョナサンにそっくりなのよ。もしかして、二人がごっちゃになって、グループどうし、おたがいにちがうジョナサンを連れて帰っちゃうかもしれないじゃない？　そいで、家に帰ってもお父さんとお母さんが気づかなくて、そしたら――」

リリーはそこで息をついだ。

「リリー」と母が言った。

「すてきなこと思いついたわ。あなた〈一二歳〉になったら、〈語《かた》り部《べ》〉を任命されるかもしれないわよ！　〈語り部〉は、このコミュニティには長いこといなかったはずだけど、もしお母さんが〈委員会〉のメンバーだったら、絶対にあなたをこの仕事に採用するわ！」

　リリーはにっこり笑って、自慢げに続けた。

「もっといいこと思いついちゃった。別のお話ができるわよ。あのね、どうなると思う？　もしもあたしたちがじつはみーんな双子で、でも双子だってこと知らないの。そしたら、〈よそ〉にはもう一人のリリーがいることになるのよ。ジョナスも、お父さんも、アッシャーも、もう一人いるの。それに〈主席長老〉だって――」

　父がうなるように言った。「リリー、寝る時間だよ」

18

「〈ギヴァー〉。解放について考えたことがありますか？」

翌日の午後、ジョナスはたずねてみた。

「私自身の解放のことかね？　それとも一般論《いっぱんろん》としての解放かね？」

「両方です、たぶん。申しわけありま――いや、あの、もっと正確に言わなきゃいけなかったです。でも、自分でもわからないんです。何をおききしたいのか」

「体を起こしなさい。話をしている間は横になる必要はない」

ジョナスは、ベッドに体を横たえた後でこの質問を思いついたのだった。彼は〈ギヴァー〉に言われて起きあがった。

「そうだな、ときおりは考えるよ」〈ギヴァー〉は言った。

「自分の解放について考えるのは、すさまじい痛みに苦しんでいる時だ。申請できたらどんなにいいかと思うこともある。だが、それは許されない。次の〈レシーヴァー〉を育てあげるまではね」

「ぼくのことですね」ジョナスはうち沈んだ声で言った。訓練の完了について考えるのはつらかった。それは、彼が新たな〈レシーヴァー〉になる日を意味する。考えるまでもなく、名誉とひきかえに、想像を絶する困難と孤独の日々がやってくるのだ。

「ぼくも、解放を申請することはできません」ジョナスは言った。

「規則にそう書いてありました」

〈ギヴァー〉は乾《かわ》いた笑いをもらした。

「わかっている。かれらは現在の規則を、熟慮のすえに編みだしたんだ。一〇年前の失敗を教訓にしてね」

前回の失敗についてはもう何度も耳にしてきた。しかしジョナスは、一〇年前に何が起きたのか、いまだに知らないのだった。

「〈ギヴァー〉。教えてください、何があったんですか。お願いです」

〈ギヴァー〉は肩をすくめて、言った。

「うわべはいたって単純なことだ。〈レシーヴァー〉候補が選ばれた、きみの時と同じようにね。選抜はきわめて順当《じゅんとう》に行われた。そして〈儀式〉が挙行《きょこう》され、選抜が完了した。観衆は喝采を送った、きみにしたのと同じように。新たな〈レシーヴァー〉はとまどい、少し怯えていた。あの時のきみと同じように」

「両親にきいたんですが、女の子だったそうですね」

〈ギヴァー〉はうなずいた。

ジョナスは大好きな女の子であるフィオナのことを思い浮かべ、身を震わせた。絶対にいやだ、あの心優しいガールフレンドが、自分と同じように記憶を引きうけ、こんな苦しみを味わうなんて。

「どんな子だったんです?」

〈ギヴァー〉の表情が曇《くも》った。

「並はずれて優秀な子だったよ。とても冷静で、おだやかな性格だった。利発《りはつ》で、学ぶ熱意にあふれていた」そう言うと老人は頭を振り、深い吐息をついた。

「なあジョナス。彼女が私を訪ねてこの部屋へやって来た時、訓練を始めるために出向いてきた時——」

ジョナスは老人をさえぎって質問した。

「彼女は何て名前だったんですか? 父と母は言ってました、彼女の名前は、このコミュニティで二度と口にしてはならないんだ、って。でも、教えてくださいませんか。ぼくにだけは」

〈ギヴァー〉はつらそうな様子で口ごもっていた。まるで、その名を口にすることが耐えがたい痛みをもたらすとでもいったように。やがて老人はようやく口を開いた。

「ローズマリーだ」

「ローズマリー。いい名前ですね」

「初めてここへ来た時、彼女はそこの椅子に座った。きみが最初の日に座ったのと同じ椅子だ。あの子ははりきって、興奮していた。それに、少し怖がってもいたよ。私たちはまず話をした。私はこの仕事について、できるだけ詳しく説明するよう努めた」

「ぼくにしてくれたようにですね」

〈ギヴァー〉は悲しげに低く笑った。

「この仕事を説明するのは難しい。すべてのことがらが、人間の経験をはるかに超えているからね。それでもやってはみた。彼女は注意深く聞き入っていた。瞳がキラキラと輝いていたよ」

そこで老人は急に顔を上げた。

「ジョナス。きみに渡した記憶だがね、私が好きだった例の記憶。今でも私の中にわずかな断片が残っているが。部屋に家族がいて、祖父母がいたろう」

ジョナスはうなずいた。忘れるわけがなかった。

「ええ、あそこには、本当にすてきな感情があふれていました。あなたが教えてくれました、あれは愛だって」

「きみならわかるだろう。それこそが、私がローズマリーに対して抱いていたものなんだ。私は彼女を愛していた」そう言ってから、老人はすぐにつけたした。

「私はね、きみにも同じ感情を抱いているよ」

「彼女に、何があったんです?」ジョナスはきいた。

「訓練が始まった。ローズマリーは受信能力が高かった、きみと同じようにね。そして、非常に熱心に訓練にとりくんだ。未知のことを体験するたび、本当にうれしそうだった。覚えているよ、彼女の笑い声を……」

〈ギヴァー〉の声はそこでとぎれ、尻《しり》すぼみに消えた。

しばし待ってから、ジョナスは再び問うた。

「何があったんです? お願いです、教えてください」

老人は目を閉じて続けた。

「私は胸がはりさけそうな思いだったのだよ、ジョナス。彼女に痛みを伝えるのがつらかった。しかしそれが私の仕事だ。やらねばならなかった。きみにしたのと同じように」

部屋は静まりかえっていた。ジョナスは待った。ようやく〈ギヴァー〉は話を再開した。

「五週間だった。それで終わりさ。私は彼女に幸福の記憶を与えた。メリーゴーラウンドに乗ったり、子猫とたわむれたり、ピクニックに出かける記憶だ。彼女が笑うことがわかっているというだけの理由で記憶を選ぶこともあった。この部屋に響く彼女の笑い声を、私がどれほど大切に思っていたことか。ここにはいつだって、誰の声もしないのだからね。

しかし、彼女はきみと同じように考えた。すべてを体験したいと望んだ。それが自分の義務だとわかっていたからだ。そうして私に請うたのだ、もっと困難な記憶を与えてくれ、と」

ジョナスは一瞬かたずをのんだ。

「まさか、戦争の記憶を与えたのじゃないですよね？　たった五週間目で」

〈ギヴァー〉は首を振り、ためいきをついて答えた。

「ちがうよ。そもそも私は、彼女に肉体的な痛みは与えなかった。だが孤独感や喪失感は与えた。両親と引き離されてしまった子どもの記憶を伝えたのだ。それが痛みの最初の記憶だ。終わった時、彼女は茫然《ぼうぜん》としていたよ」

ジョナスはごくり、とつばを飲みこんだ。ローズマリーという少女が、彼女の笑い声が、しだいにリアルに感じられてきた。衝撃を受け、記憶のベッドから見上げている彼女の姿を思い描いた。

〈ギヴァー〉の話は続いた。

「私はそこで手をゆるめ、多少なりと楽しい記憶に切りかえた。だが、すべては変わってしまっていた。彼女が痛みを知ってしまったからだ。あの子の瞳がそれを物語っていた」

「彼女には、勇気が足りなかったのでしょうか？」ジョナスは言ってみた。

〈ギヴァー〉はそれには答えなかった。

「ローズマリーは、私に続けてくれとせがんだ。彼女は言った。手かげんは不要だ、それが自分に与えられた任務なのだから、と。もちろんわかってはいた、彼女が正しいことはね。だが、私はどうしても、彼女に肉体的な苦痛を与える決心がつかなかった。そのかわり、ほかのさまざまな種類の苦しみを与えたんだ。貧困《ひんこん》、飢餓、そして恐怖の記憶を。やらざるをえなかったのだよ、ジョナス。それが私の仕事であり、彼女は選ばれた人間だったのだから」

〈ギヴァー〉はそう言って、懇願するようなまなざしでジョナスを見つめた。ジョナスは老人の手をそっとなでた。

「そしてついに、あの午後がやってきた。その日の訓練が終わった。だいぶきつい内容でね。私は、訓練の最後は――きみにしているのと同様に――幸福な、楽しい記憶でしめくくるようにしていた。しかしその時にはすでに、笑い声に満ちた時間は失われていたんだ。彼女は音もなく立ちあがった。眉間《みけん》にしわを寄せ、何かを決断しようとしているかのような表情をしていた。やがて彼女はこちらへ歩み寄ると、私の体に両腕を回した。そして私の頬にキスをした」

そう言うと〈ギヴァー〉は自分の頬をなでた。一〇年前そこに触れた、ローズマリーの唇の感触をなぞっているのかもしれなかった。

「その日、彼女はここを去った。この部屋を出ていき、家にも帰らなかった。私がそれを知ったのは、〈告知者〉のアナウンスでだった。彼女はその後、まっすぐに〈主席長老〉のところへ行き、解放を願いでたそうだ」

「それは規則違反じゃありませんか！　訓練中の〈レシーヴァー〉は解放を申請できな――」

「きみの規則にはたしかにそう書いてあるよ、ジョナス。だが、彼女の規則はそうじゃなかった。ローズマリーは解放を望み、かれらはその申請を受理《じゅり》せざるをえなかった。それ以来、私は彼女に会っていない」

これが一〇年前の失敗か。ジョナスは考えた。明らかにこの失敗は、〈ギヴァー〉を失意の底におとしいれた。けれどもけっきょくのところ、それほどの悲劇とも思えなかった。それに、ジョナスには絶対ありえないことだった――ぼくは決して解放を申請したりなんかしない。たとえこの先、どんなにつらい訓練が待ちうけていようとも。〈ギヴァー〉には後継者が必要なのだし、ぼくは選ばれたのだから。

ある考えがジョナスの頭に浮かんだ。ローズマリーが解放されたのは、訓練のごく早い時期だった。もし、ジョナスに何かあったらどうなるのだろう？　彼はすでに、まる一年に相当《そうとう》する記憶を蓄えているのだ。

「〈ギヴァー〉、ぼくは解放を申請できません。それはわかっています。でも、何かあった場合にはどうなるんでしょう？　たとえば事故です。もしぼくが、あのかわいそうな〈四歳〉のケレイブみたいに川に落ちたとしたら？　まあ、これはありえませんけどね。ぼくは泳ぎが得意《とくい》ですから。けれど、もしぼくがカナヅチで、川に落ちて死んでしまったら？　次の〈レシーヴァー〉がいなくなってしまうわけですよね。ところが、あなたはすでにかなりの量の重要な記憶を、ぼくに渡してしまっています。もし新しい〈レシーヴァー〉が選出されたとしても、あなたの中に残ったごくわずかな断片を除いて、それらの記憶は失われていますよね？　あるいは、もし――」

　ここまで言って、ジョナスはふいに笑いだした。自分の言いぐさがおかしくなり、つぶやいた。

「もし、もしって、これじゃまるで妹のリリーみたいだ」

　だが、〈ギヴァー〉は厳しいまなざしでジョナスを見つめて言った。

「何にせよ、川には近づくな。いいか。コミュニティはローズマリーを五週間の訓練の後に喪った。それは人々にとって大きな災厄《さいやく》だった。きみを喪った場合にかれらがどう出るか、私には想像もつかん」

「災厄って、どういうことです？」

「前にも話したはずだ」〈ギヴァー〉はジョナスに思いださせようとして言った。

「彼女が去って、記憶は人々のところへ戻ってきたのだよ。たとえきみが川に落ちて死んでも、ジョナス、きみの蓄えた記憶は失われはしない。記憶は永遠に生きつづけるのだ。

ローズマリーが保持《ほじ》していた記憶は、たった五週間分だった。そのほとんどは楽しい記憶だったが、恐ろしいものもわずかにあった。彼女をうちのめしたつらい記憶だ。しばらくの間、コミュニティ全体がそのつらい記憶に飲みこまれた。あのすさまじい感覚の嵐！　それらは、人々がそれまで経験したことのないものだった。

私はその時、彼女を喪った悲しみと、失敗を悔《く》やむ気持ちにかまけて、かれらを助けだそうとさえしなかった。怒りを感じてもいたからね」

〈ギヴァー〉は一瞬黙りこんだ。考えこんでいるのだった。やがて話を再開した。

「わかるだろう。もしきみを喪ったら、それまできみにほどこした訓練もすべて水の泡《あわ》となる。そしてコミュニティのすべての成員が、再び自ら記憶を担わねばならなくなるのだ」

ジョナスは顔をしかめた。「いやがるでしょうね」

「まちがいなくね。かれらには、事態にどう対処《たいしょ》してよいのか、まったくわからないだろうから」

「ぼくが対処しうるとしたら、方法はただひとつですね。あなたにいっしょにいてもらって、手助けしてもらうしかありません」ジョナスはそう言うとためいきをついた。

〈ギヴァー〉はうなずくと、ゆっくりと言った。

「思うに、私ができることは——」

「あなたができることは、何です?」

しかし、〈ギヴァー〉は黙って考えに沈んでいた。しばらくして彼は言った。

「もしきみが川に流されてしまったら、コミュニティ全体を救うのに、きみを手助けした時と同じ方法を使えるかもしれない。興味深いアイディアだ。もう少し検討してみる必要があるな。おそらく、いずれもう一度これについて話しあうことになるだろう。だが今はその時ではない。きみが泳ぎが得意でよかったよ、ジョナス。だが、川には近づくな」

老人はかすかに笑ったが、まったく楽しそうではなかった。心ここにあらずといったふうで、目には暗い不安の影がさしていた。

19

ジョナスは時計をちらっと見た。やるべきことはいつも山のようにある。今しがたのように〈ギヴァー〉と二人、のんびり座って話すことなどめったになかった。

「すみません、ぼくがいろいろおたずねしたせいで、こんなに時間をとってしまって」とジョナスはあやまった。

「たいした理由じゃないんです、解放のことを質問したのは。じつは、父が今日、ニュー・チャイルドを解放するんですよ。双子なんです。父は一人を選び、別の一人を解放しなければならない。体重で決まるそうですよ」そう言って、ジョナスはまた時計を見た。

「そうだな、もう終わってるころでしょうね。朝だったはずです」

〈ギヴァー〉の顔に重苦しい影がよぎった。

「願わくばやめてほしいものだ」うち沈んだ声が、ほとんど独白《どくはく》のように響いた。

「だって、やらなかったら、そっくりの人間が近くに二人いることになっちゃいますよ！　考えてもみてください、どれだけ混乱するか！」

ジョナスはそう言って笑うと、ふと思いなおしてつけたした。「それにしても、見たかったな」父が儀式を執行するところを見てみたいと思った。小さな双子の体をきれいに拭《ふ》いて、こざっぱりさせてやるのだろう。父は本当に優しい人なのだ。

「きみは見ることができるよ」と〈ギヴァー〉が言った。

「無理ですよ。子どもは見てはいけないことになっています。完全に非公開《ひこうかい》の行事ですよ」

「ジョナス。訓練の指示書を、穴《あな》の開くほど読んだだろう。書いてあったはずだ、誰に何を要求してもよい、と」

ジョナスはうなずいた。「ええ、でも――」

「ジョナス、私たちが訓練を完了したら、きみは新しい〈レシーヴァー〉となる。たとえば、きみは本を読むことを許されている。そうして記憶のストックを増やす。きみにはあ、ら、ゆ、る、ものを利用する権利がある。それも訓練のうちなのだ。もし解放の儀式を見たいなら、きみはただそう要求すればいい」

ジョナスは肩をすくめて言った。

「そうですか、それじゃそうするようにします。でも、今回はまにあいませんね。今朝やっているはずですから」

続く〈ギヴァー〉の言葉はジョナスを驚かせた。

「非公開の儀式はすべて記録される。それらの記録は〈非公開文書館〉に保管されている。見たいかね？　今朝の解放を」

だが、ジョナスはためらった。父は、そのようなごく内輪《うちわ》の行事をジョナスに見てほしくないのではないだろうか。

「きみは見るべきだ」〈ギヴァー〉がきっぱりと言った。

「わかりました。それで、どうしたらいいんですか」

〈ギヴァー〉は椅子から立ちあがり、壁のスピーカーのところへ行った。スイッチを**オフ**から**オン**にきりかえる。

すぐにスピーカーから声がした。

「はい、〈レシーヴァー〉。何か御用《ごよう》でございますか？」

「今朝行われた、双子の解放を見たいんだが」

「すぐご用意いたします、〈レシーヴァー〉。ご用命《ようめい》ありがとうございました」

ジョナスはスイッチの列の上にあるビデオ・モニターに目をやった。真っ暗だった画面が点滅《てんめつ》しはじめ、ジグザグの線が現れた。何かの番号が映しだされて、その後に日付と時間が出てきた。

ジョナスはびっくりしたが、うれしくなった。自分にこんなことが許されているのを、今まで知らずにいたことにも驚いた。

突然、窓のない狭い部屋が映しだされた。ベッドとテーブル、それに戸棚があるだけのがらんとした部屋だ。テーブルの上に置いてあるいくつかの道具のうち、はかりが見分けられた。それらの道具は以前、〈養育センター〉で奉仕活動をした時に見たことがあった。床には薄い色の敷物《しきもの》がしいてある。

「ふつうの部屋ですね」ジョナスは感想を述べた。

「〈大講堂〉でやるのかと思ってました。そうすればみんな見に行けますからね。〈老年者〉の場合は、全員が〈解放の儀式〉に参加するでしょう。でも、新生児ですものね、この場合はやっぱり――」

「静かにしなさい」と〈ギヴァー〉がさえぎった。老人はモニターから目を離さない。

ジョナスの父が出てきた。〈養育係〉の制服を着ている。やわらかな毛布にくるまれた小さなニュー・チャイルドを両手に抱いて部屋に入ってくる。制服姿の女性が父の後ろについて入室《にゅうしつ》した。同じような毛布にくるまれた、もう一人のニュー・チャイルドを抱いている。

「あれがぼくの父です」ジョナスは、われ知らずささやき声になって言った。声を上げたからといって、小さな双子が目を覚ますわけでもないのに。

「横にいる〈養育係〉は父の助手《じょしゅ》です。彼女はまだ見習《みなら》い期間中ですけど、もうすぐ訓練を終えるはずです」

二人の〈養育係〉は毛布をはずし、同じ顔をした新生児たちをベッドに寝かせた。ニュー・チャイルドたちは裸だった。男の子だ、とジョナスは気づいた。

ジョナスは夢中で画面を眺めた。父は優しい手つきで双子を一人ずつ抱きあげ、はかりに乗せて体重を測った。そして笑いながら助手に話しかけた。

「よかったよかった。一瞬心配してしまったよ。もし二人ともまったく同じ重さだったらどうしよう、ってね。その場合はやっかいだからね。だがよかった、この子は」

父はそう言うと、一人を毛布でくるみ直し、助手に手渡しながら続けた。

「きっかり六ポンドだ。じゃ、この子はきれいに拭いてやって、服を着せて、〈センター〉へ連れて行っていいよ」

助手はそのニュー・チャイルドを受けとると、ドアを通って出て行った。

ひきつづき画面を見ていると、父は、ベッドで身もだえしているニュー・チャイルドのほうへ身をかがめた。

「さあて、おちびさん。きみは五ポンドと一〇オンスしかないね。ちっちゃいでちゅねえ!」

「あれ、父がゲイブリエルに何か言う時の、特別な声なんですよ」ジョナスはほほえみながら解説した。

「いいから見ていなさい」〈ギヴァー〉は言った。

「さあ、これからきれいに拭いて、こざっぱりさせてやるんですよ。父がそう言ってました」

「黙りなさい、ジョナス」

〈ギヴァー〉が聞いたことのない声音《こわね》で命じた。「見るんだ」

ジョナスはおとなしくモニターに集中し、次に何が起きるのか待った。とりわけ見たいのは儀式の場面だ。

父が後ろを向いて、戸棚を開けた。注射器と小さなびんをとりだす。慎重な手つきで、注射器の針をびんに射《さ》しこむ。筒《つつ》が透明な液体で満たされていく。

ジョナスは痛みを想像して顔をしかめた。忘れていた、ニュー・チャイルドは必ず注射をされるんだ。ジョナス自身、注射がきらいだった。必要とわかっていても痛いものは痛い。

驚いたことに、父が注意深く針を突きたてようとしているのは、ニュー・チャイルドのおでこのてっぺんだった。脈《みゃく》を打つ柔肌《やわはだ》に針がぶすりと刺さる。新生児は身をよじり、弱々しい泣き声をあげた。

「どうして父は――」

「しっ」〈ギヴァー〉が厳しい声でさえぎった。

父がしゃべっていた。ジョナスは気づいた。父の話していることは、今ジョナスが口にしかけた質問への答えになっていた。まだ例の甘ったるい声のまま、父はこう言っていた。

「わかってまちゅよ、わかってまちゅよ。痛いでちゅね、おちびさん。でも、しかたないんだよ。静脈《じょうみゃく》に打たないといけないのに、きみの腕の静脈はまだ細すぎるからねえ」

父は注射器のピストンをゆっくりと押した。頭の血管に液体が注入《ちゅうにゅう》されていく。やがて、筒がからっぽになった。

「はい、おしまい。まあまあうまくいきまちたね」父が陽気な声で言う。わきを向いて、注射器をごみ箱に落とす。

さあ、これからきれいに拭いて、こざっぱりさせてやるんだ。ジョナスは胸のうちだけで言った。〈ギヴァー〉はこのちょっとした儀式の間、話をしたくないらしいから、しかたがない。

モニターに目を戻すと、ニュー・チャイルドはもう泣きやんでいた。手足がピクピクと痙攣《けいれん》している。やがてぐったりとなった。頭ががくっと横を向いた。目が半開きになった。そして動かなくなった。

ジョナスの体を奇妙な衝撃が走った。あの身ぶり、あの姿勢、あの表情。ぼくはあれをよく知っている。前に見たことがある。だが、どこでだったのか思いだせない。

ジョナスはモニターをじっと見つめた。次に起きることを待ちかまえた。だが何も起きなかった。小さな双子のかたわれは、じっと横たわっていた。父はかたづけを始めた。毛布をたたむ。戸棚の戸を閉める。

再び、運動場の時と同じように、ジョナスは息が詰まるような感覚に襲われた。今度も彼のまぶたに、明るい金色の髪をした血まみれの少年兵の顔が浮かび、その目から生命の光が失われていくさまがよみがえった。記憶が帰ってきたのだった。

父が殺した！　ぼくの父が、あの子を殺したんだ！　ジョナスは胸で叫んだ。自分が何を悟りはじめているのかに気づき、戦慄《せんりつ》した。茫然とモニターを見つめつづけた。

父は部屋をかたづけ終わると、床に置いてあったボール紙の小さな箱をとりあげた。箱をベッドの上に置き、ぐったりした死体をその中へ入れる。そしてふたをしっかりと閉めた。

それから、父が箱を持って部屋の反対側へ行く。壁にすえつけられた小さな扉《とびら》を開ける。扉の向こうは暗闇《くらやみ》だ。学校でごみを捨てるのに使われているダスト・シュートのようなものに見えた。

父は小さな死体の入った箱をダスト・シュートへ入れ、ぐいっと押した。

「バイバイ、おちびさん」

ジョナスの耳に、父の声が響いた。父が部屋を出て行き、映像はそこで終わった。

〈ギヴァー〉がジョナスのほうを向いた。そして、静かな声で話しはじめた。

「〈告知者〉は私に、ローズマリーが解放を願いでたことを告げた。その時かれらは記録のテープを流し、私に一部《いちぶ》始終《しじゅう》を見せた。彼女は部屋で待機していた――それがあの美しい子の姿を見た最後だった。かれらが注射器を持って入ってきた。そしてあの子に、袖をまくりあげるように言った。

きみはこう言ったね、ジョナス。彼女には勇気が足りなかったのではないか、と。私にはわからない。勇気とは何か？　何を意味するのか？　私にわかるのは、あの時私がここに座って、恐ろしさにすくんでいたということだけだ。どうすることもできず、無力感にさいなまれてね。やがて、ローズマリーの声がした。あの子は、やるなら自分で注射したいと告げた。

そして、彼女はそうした。私は見なかった。目を背けていたんだ」

〈ギヴァー〉はそこでジョナスの顔を見ると、言った。

「さて、こういうわけだよ、ジョナス。きみは解放について知りたかったのだろう」

老人の声が苦く響いた。ジョナスのうちに、はりさけそうな思いがあふれた。すさまじい痛みが必死に出口を探していて、今にも嗚咽《おえつ》になって飛びだしそうだった。

20

「いやだ！　家には帰りません！　帰らせようとしたってむだです！」

ジョナスは泣きじゃくりながら叫ぶと、こぶしでベッドを激しくたたいた。

「起きなさい、ジョナス」〈ギヴァー〉が厳しい声で言った。

ジョナスは素直に従った。すすり泣き、しゃくりあげながらベッドのへりに座った。〈ギヴァー〉の顔を見ずにうつむいていた。

「今夜はここに泊《と》まればいい。話したいこともある。だが、今は静かにしていなさい。きみの家族ユニットに連絡するから。誰にも泣き声を聞かれてはいけない」

ジョナスはきっ、と顔を上げた。

「あのかわいそうな双子のかたわれだって、泣き声を誰にも聞いてもらえなかった！　ぼくの父のほかにには！」

そうして、再びわっと泣きくずれた。

〈ギヴァー〉は無言のまま待っていた。しばらくしてやっと気持ちを落ちつかせることができ、ジョナスは体を丸めて座った。肩が震えていた。

〈ギヴァー〉は壁のスピーカーのところへ行き、スイッチをオンにした。

「はい、〈レシーヴァー〉。何か御用でございますか？」

「新しい〈レシーヴァー〉の家族ユニットに連絡してくれたまえ。彼は今夜、私のところへ泊まる。もう少し訓練をしたいのでね」

「かしこまりました。ご用命ありがとうございました」スピーカーの声が応じた。

「かしこまりました。かしこまりました」ジョナスは憎々《にくにく》しげなあざけりの調子でまねをした。

「何なりとお申しつけください。殺人もうけたまわります。〈老年者〉でしょうか？　生まれたばかりの者ですか？　喜んで殺させていただきます。ご用命ありがとうございます。何か御用でございますか――」止まらなくなっていた。

〈ギヴァー〉に肩を強くつかまれ、ジョナスは口をつぐんだ。老人の顔をじっと見つめた。

「お聞き、ジョナス。しかたがないのだよ。かれらは何も知らない、い、い、い、いのだから」

「前にもそうおっしゃいました」

「そうだよ、それが真実だからだ。あれがかれらの生きかたなのだ。あれが、かれらに与えられた人生なのだ。きみだって同じ人生を歩んでいたのだよ、私の後継者として選ばれなかった場合はね」

「でも、父はぼくに嘘をついたんですよ！」ジョナスは泣きじゃくりながら言った。

「そう指示されていたのだからしかたがない。そしてきみの父親は、ほかにすべを知らないのだ」

「あなたはどうなんです？　あなたも、ぼくに嘘をつくんですか？」ジョナスはほとんど吐きだすように問うた。

「嘘をつく権限は与えられているよ。だが、きみに嘘をついたことはない」

ジョナスは老人をひたと見つめて、たずねた。

「解放は、いつもあんなふうなんですか？　規則違反を三回犯した人たちも、〈老年者〉も？　〈老年者〉も殺されるんですか？」

「ああ、そうだ」

「じゃあ、フィオナは？　彼女は〈老年者〉にすごく愛情をもってるんですよ！　かれらのケアをしたくて訓練を受けてるんです。フィオナはもう知ってるんでしょうか？　もし知ってしまったら、彼女どうするでしょう。どう感じるでしょうか」

ジョナスは涙に濡れた頬を手の甲でぬぐった。

「フィオナはすでに、解放に必要な、高度な技術を身につける訓練を始めているよ。彼女は仕事にすこぶる有能だ、きみの赤毛の友だちはね。感情は、あの子の人生には含まれていない。そのように学んできたのだ」

ジョナスは両腕でひざを抱《かか》え、体を前後に揺すった。

「ぼくはどうすればいいんでしょう。もう戻れません！　無理です！」

〈ギヴァー〉は立ちあがると、言った。

「まずは、夕食を持ってこさせる。そして二人で食事をする」

「それからぼくたち、感情共有をするってわけですね」ジョナスは思わず、また意地の悪い、皮《ひ》肉《にく》な声を出してしまった。

　すると〈ギヴァー〉は悲しげで苦悩に満ちた、うつろな笑みを返した。

「ジョナス。きみと私だけなんだよ、感情をもっているのは。私たちはこれまで一年近く、いろいろな感情を分かちあってきたじゃないか」

「ごめんなさい、〈ギヴァー〉」ジョナスは情けない気持ちになって言った。

「こんなひどいことを言うつもりじゃなかったんです。それもあなたに対して」

〈ギヴァー〉はジョナスの丸めた背をさすりながら、言った。

「食事がすんだら、計画を立てよう」

　ジョナスは顔を上げた。何のことだ？

「計画って、何のです？　何もないじゃありませんか。ぼくたちにできることなんて何もありません。いつだってそうだったんだ。ぼくの前も、あなたの前も、あなたの前の人たちの前も、ずっとずっとです。前へ、前へ、果てしなく前へ、ですよ」ジョナスの声はけだるげに、おなじみのフレーズをくりかえした。

しばしの沈黙ののち、〈ギヴァー〉が再び口を開いた。

「ジョナス。たしかにそのとおりだ。永遠と思えるほど長い間、事態は変わらなかった。しかし、記憶が教えてくれているよ。いつでもそうだったわけではない、とね。人々が感情をもっていた時代もあったんだ。きみと私もその一員だ、だからわかるのだ。きみと私は知っているだろう、人々がかつては感情をいだいていたことを。誇りや、悲しみや、それに――」

「愛、ですね」ジョナスは続けた。彼の心を深くゆさぶったあの家族の光景を思いだしていた。「それに、痛みも」今度はあの少年兵の姿がよみがえった。

「記憶を保持するうえで最も苦しいのは、痛みがともなうことではない。その孤独さなのだ。記憶は分かちあわれるべきだ」

「もうぼくがあなたと記憶を分かちあっていますよ」ジョナスは、〈ギヴァー〉を元気づけようとして言った。

「そうだな。それに、きみとここで一年を過ごして、私は気がついたよ。ものごとは変わらなければならない。何年もの間、そう感じてはいた。しかし、状況は絶望的に見えた。今ようやく思えているんだ、方法はあるかもしれない、とね」〈ギヴァー〉はゆっくりと話した。

「きみが気づかせてくれたのだよ。そう、ほんの――」

老人はそこで時計をちらっと見て言った。「二時間前にね」

ジョナスは〈ギヴァー〉の顔を見つめた。そして、続く言葉にじっと耳をかたむけた。

夜もだいぶ更《ふ》けてきた。二人はいやというほど話しあった。ジョナスは〈ギヴァー〉のガウンにくるまって座っていた。〈長老〉専用の丈の長いガウンだった。

二人の立てた計画は実行可能と思われた。ただ、危ういプランだ。もし失敗したら、十中八九《じゅっちゅうはっく》ジョナスは殺されるだろう。

だが、それが何だというのか？　このまま何もしなかったら、ジョナスの人生はもはや生きるに値《あたい》しないものになってしまう。

「わかりました。やります。できると思います。やってみます、とにかく。でも、やっぱりいっしょに来てほしいです」ジョナスは〈ギヴァー〉に言った。

〈ギヴァー〉は首を振った。

「ジョナス。このコミュニティは、専属《せんぞく》の〈レシーヴァー〉に依存《いぞん》しきってきたのだよ。全世代にわたって、前の、前の、果てしなく前の時代から、〈レシーヴァー〉に自分たちの記憶を保持してもらってね。私はこの一年の間、それらの記憶の多くをきみに引き継いでしまった。私にはもうその記憶をとりもどすことはできない。一度渡してしまったらとりもどす方法はないのでね。だからもしきみが脱出して、いったん去ってしまったら――ジョナス、わかっているだろうね。きみは二度とここへは戻れない――」

ジョナスは厳粛《げんしゅく》な面持ちでうなずいた。この計画の恐ろしさはそこにあった。

「はい、わかってます。でもあなたがいっしょに来てくだされば――」

〈ギヴァー〉は再び首を振り、身ぶりでジョナスをおしとどめた。そして話を続けた。

「きみが脱出して境界を越え、〈よそ〉へ行ってしまったら、コミュニティの人々は自分たちで重荷に耐えなければならなくなる。きみが人々にかわって担ってきた、記憶という重荷をね。耐えて耐えられないものでもないだろうし、人々は多少なりと叡智を獲得するかもしれない。しかし、それには想像を超えた苦しみがともなう。

われわれが一〇年前にローズマリーを喪った時、彼女の保持していた記憶が戻ってきて、人々はパニックを起こした。だがこの時の記憶は、きみのに比べればとるに足りない量だった。もしきみの記憶が戻ってきてしまったら、人々にはどうしても助けが必要になる。

思いだしてごらん、訓練の最初のころ、私がきみをどんなふうに手助けしたか。まだきみは、記憶を受けとるのに慣れていなかった」

「ええ、最初は怖かったです。それにすごく痛かったし」

「その時、きみは私を必要とした。今度はかれらの番なのさ」

「必要ないですよ。ぼくのかわりを見つけるでしょうから。新しい〈レシーヴァー〉を選べばいいんですもの」

「そんな者はいないよ。今すぐ訓練を始められるような子はね。ああ、もちろん、選抜を急ぐことはあるだろうがね。しかし、きみのほかには思いつかんよ。それほどの適性をもっている子は――」

「いますよ、明るい瞳をした女の子が。そうか、でもまだ〈六歳〉ですね」

「そういうことだ。その子なら知っているよ。キャサリンという名だ。だが、幼《おさな》すぎる。要するに、かれらは記憶の業苦《ごうく》を耐えざるをえないのだ」

「いっしょに来てくださいませんか、〈ギヴァー〉」ジョナスは懇願した。

「だめだ。私にはここにとどまる義務がある」〈ギヴァー〉は断固《だんこ》として言った。

「とどまりたいのだよ、ジョナス。もし私がきみとともに去り、人々を記憶から護っている防御《ぼうぎょ》を二人ですべてとりのぞいたとしよう。そうしたらジョナス、このコミュニティは、助けてくれる者が一人もいない状態で見捨てられるんだよ。かれらは混沌の中に投げだされ、自滅《じめつ》するだろう。私は行くことはできない」

「〈ギヴァー〉。ぼくら、気にかける必要ないですよ。ほかの人たちのことなんて」

〈ギヴァー〉はジョナスの顔を見て、もの問いたげにほほえんだ。ジョナスはうつむいた。もちろん、気にかけなくていいはずがなかった。むしろそれこそがすべての目的なのだ。

「それに、いずれにせよ私にはやりとげられないのだよ、ジョナス」〈ギヴァー〉はためいきとともに言った。

「とても弱っているからね。知っているかい、私はもう色を知覚できないのだよ」

ジョナスは胸がはりさけそうな気持ちになった。腕を伸ばして〈ギヴァー〉の手をとった。

〈ギヴァー〉は言った。

「きみは色を知っている。それに勇敢だ。これから、きみが強さを獲得できるよう、力を貸すつもりだよ」

「一年前」と、ジョナスは〈ギヴァー〉の記憶を呼びおこした。

「ぼくが〈一二歳〉になったばかりのころ、色を知覚しはじめたぼくに、あなたは言いましたね。あなたの場合は、始まりかたがぼくとちがっていたって。そして、それはぼくには理解できないことだろう、って」

〈ギヴァー〉の顔が明るくなった。

「そうだったな。わかるかね、ジョナス。きみはいまや多くの知識を身につけ、記憶をもち、さまざまなことを学んだ。そのすべてをもってしてもなお、きみに理解できないということの意味が。じつはね、私がちょっと身勝手《みがって》だったせいなのだよ。きみにはこれについて、まだ何も伝えていない。私は、自分のために最後までとっておきたかったのだ」

「とっておくって、何をです?」

「私がまだきみよりも幼い少年だったころ、あれが訪れはじめた。しかし、それは『彼方を見ること』ではなかった。きみとはちがうものなんだ。私の場合、『彼方を聴くこと』だったのだ」

ジョナスは眉をひそめた。老人の言葉の意味をはかりかねていた。

「何を聴《き》いたんです?」

「音楽だよ」〈ギヴァー〉はほほえみながら言った。

「そのころ私は、えもいわれぬ現象を耳にとらえるようになった。音楽と呼ばれるものだ。これもきみにいくらか渡そうと思っているよ、お別れの前にね」

ジョナスは首を強く横に振った。

「いいえ、〈ギヴァー〉。とっておいてください。ぼくが行ってしまっても、あなたの心の中に」

翌朝、ジョナスは家に帰った。元気よく両親にただいまを言い、やすやすと嘘をついた――ゆうべは、訓練はたいへんだったけれど、楽しかったよ。

父もほほえみ、平然《へいぜん》と嘘を返した――お父さんもなあ、昨日は忙しかったが、楽しかったよ。

日中は授業を受けながら、計画を頭の中で何度も反芻《はんすう》した。これでいいのかというほどシンプルなプランに思えた。ジョナスと〈ギヴァー〉が夜遅くまでかかって、入念にチェックした計画だった。

この後の二週間、〈一二月の儀式〉がまぢかに迫る時期、〈ギヴァー〉は人間の勇気と強さの記憶のありったけをジョナスに与える。ジョナスにはそうした記憶が必要だった。それがあってこそ、二人がどこかにあると固く信じている〈よそ〉を見つけることができるのだ。二人とも、これがとても困難な旅になることはわかっていた。

やがて日がたち、〈儀式〉の前日の真夜中、ジョナスはこっそり家を抜けだす。おそらくこれが、計画の最も危険な段階である。いかなる市民にとっても、夜間に公用以外で外出することは重大な規則違反とされていたからだ。

「真夜中に出ます」とジョナスは言った。

「その時間には〈食料回収係〉はもう夕食の残りを集め終わっているでしょうし、〈道路整備係〉の人たちが仕事を始めるには早すぎます。だから、誰にも見られずにすむはずです。もちろん、緊急《きんきゅう》の公用で出かける人がいれば別ですけど」

「私には見当がつかんよ、ジョナス。見つかってしまった場合、きみがどのように切りぬければいいものか」〈ギヴァー〉が言った。

「もちろん、私はあらゆる種類の脱出の記憶をもっている。人間がいつも悲惨《ひさん》な状況から逃れてきたことは歴史が語っている。だが、すべての状況は個々に異なる。今回のような記憶がないんだ」

「慎重にやります。見つかりませんよ」

「訓練中の〈レシーヴァー〉として、きみはすでに十分な尊敬をはらわれる存在だ。強引《ごういん》に尋問《じんもん》されるようなことは、ないとは思うがね」

「こう言えばいいんですよ、〈レシーヴァー〉の大事な用で出かけるところだって。定時《ていじ》後に外出したのは、ぜんぶあなたのせいだって言っちゃいますから」ジョナスはいたずらっぽく言った。

二人は神経質な顔つきで笑いあった。だが、ジョナスには自信があった。誰にも見られずに脱出できるはずだ。まず、余分《よぶん》の洋服一式を持って家を抜けだす。音を立てずに自転車を出し、土手まで行く。土手の茂みに自転車を隠す。服もたたんでそのわきに置いておく。

それから暗闇をついて進む。しのび足で歩いて、〈別館〉へたどりつく。

「夜間受付はいない」〈ギヴァー〉は説明した。

「ドアの鍵をかけずにおく。きみはこの部屋にしのびこめばいい。ここで待っているよ」

目を覚ました両親は、ジョナスがいないことに気づくだろう。そしてベッドの上に息子の書き置きを見つける。そこには陽気な調子で、早起きしたからちょっと川べりをサイクリングしてきます、〈儀式〉にまにあうように戻ります、と書いてある。

両親はいらだつだろうが、心配はしないだろう。息子を軽率《けいそつ》だと思い、あとで厳しく叱らねばと考えるくらいだろう。

二人は怒りをつのらせながら、ジョナスの帰りを待つ。ついに出かける時間が来てしまう。彼がいないまま、リリーをつれて〈儀式〉の会場に行かねばならない。

「二人とも、それでも誰にも何も言わないはずですよ」ジョナスは確信をもって言った。「ぼくの不作法を知られたくないんですよ、育てかたに問題があるんじゃないかって言われますからね。それに、どっちにしてもみんな〈儀式〉に夢中で、ぼくがいないことに気づく人なんていませんよ。ぼくはもう〈一二歳〉で訓練中の身なんだから、同じ歳の子たちといっしょにいる必要もないですし。アッシャーは、ぼくが両親と、あるいはあなたといっしょだと思うでしょう――」

「そしてきみの両親は、きみがアッシャーと、あるいは私といっしょにいると思いこむ――」

ジョナスは肩をすくめて言った。

「ええ。多少時間がかかるはずですよ。ぼくが完全にいなくなっていることにみんなが気づくまでには」

「そのころには、きみと私はだいぶ遠くまで行っているというわけだね」

一方〈ギヴァー〉は、朝早く〈告知者〉に頼んで車と運転手を呼ばせる。〈ギヴァー〉はよくほかのコミュニティを訪問し、そこの〈長老〉たちと面談することがあった。彼の職責《しょくせき》は近隣一帯に及んでいたのである。だから、遠出《とおで》はめずらしいことでも何でもなかった。

通常は、〈ギヴァー〉は〈一二月の儀式〉に参列しない。去年参列したのは、ジョナスの選抜、つまり自分に深くかかわりのある行事があったからだ。だが、ふだんの彼の生活はコミュニティの生活と隔絶している。彼が〈儀式〉の場にいないこと、よりによってこの日に出かけたことについて、とやかく言う者はいないだろう。

運転手と車が到着《とうちゃく》したら、〈ギヴァー〉はちょっとした用を言いつけて運転手を追い払う。運転手のいない間に、ジョナスを車のトランクに隠れさせる。その時、ジョナスに食べ物の包みを手渡す。この日までの二週間にわたって、老人が自分の食事からとりのけておいた食料だ。

やがて〈儀式〉が始まる。コミュニティの全員が参列している。その時間には、ジョナスと〈ギヴァー〉はもう出発している。

正午《しょうご》までには、ジョナスがいないことがわかって大騒ぎになるだろう。だが〈儀式〉は中断されない――そんなことで中断されてはならないのだ。しかし、コミュニティ内を捜索《そうさく》するために人が派遣《はけん》されるだろう。

ジョナスの自転車と服が発見されるころには、〈ギヴァー〉は〈別館〉に戻ってきている。ジヨナスはその時分《じぶん》、ひとり〈よそ〉への旅路《たびじ》についている。

戻ってきた〈ギヴァー〉は、コミュニティが混乱とパニックにおちいっているのを目にする。これまで経験したことのない事態に直面し、けれどなぐさめや叡智を引きだす記憶をもたないかれらは、途方《とほう》にくれて〈ギヴァー〉に助言を求めるだろう。

〈ギヴァー〉は人々がまだ集まっている〈大講堂〉に向かう。つかつかとステージに歩みより、人々に注意を呼びかける。そしてものものしく告げる。ジョナスは川に落ちて死んでしまった、と。続いて、老人はただちに〈喪失の儀式〉を執行する。

「ジョナス、ジョナス」人々は声に出して唱える。以前、ケレイブの名を唱えた時と同じだ。〈ギヴァー〉が詠唱を指揮する。彼の名を唱和する声がしだい間遠《まどお》に、ひそやかになるにつれ、人々はみないっしょに、徐々に、ジョナスの存在を人生から消していく。やがて彼の姿は薄れ、もはや、ぽつりぽつりと名前がつぶやかれるだけになる。そして長い一日の終わりには、ジョナスは永久にいなくなり、二度と話題にのぼることもない。

そして人々は、自分たちで記憶を担うというすさまじい労苦に目を向けるだろう。その時は〈ギヴァー〉がかれらに手を貸すだろう。

「ええ、わかりますよ。かれらにはあなたが必要だってことは」

計画をめぐる長い長い話しあいの最後に、ジョナスは言った。

「でも、ぼくだってあなたの力が必要になるんです。お願いです、いっしょに来てください」

答えはわかっていた。それでも、最後にもう一度、懇願せずにはいられなかった。

「私の仕事はこれですべて終わる。このコミュニティが変わり、完全な世界となる手助けができればね」と〈ギヴァー〉は優しく言った。

「感謝しているよ、ジョナス。きみがいなかったら決して、変化をもたらす方法を考えだせなかったからね。しかし、きみの目下《もっか》の任務は脱出することだ。そして私の任務は、とどまることなのだ」

「ぼくといっしょにいたいとは思ってくれないんですか？　〈ギヴァー〉」ジョナスは悲しい気持ちで言った。

〈ギヴァー〉はジョナスを抱きしめて、言った。

「愛しているよ、ジョナス」

そして老人は言葉を続けた。「だが、私には行くべき場所がほかにあるのだ。ここでの仕事が完了したら、娘といっしょにいてやりたいんだよ」

しょんぼりと床に目を落としていたジョナスは、驚いて顔を上げた。

「知りませんでした、娘さんがいたんですか！　配偶者がいらっしゃったことはうかがいました。

でも、娘さんのことは何も知りませんでした」

〈ギヴァー〉はにっこりほほえむとうなずいた。初めてだった。何か月もいっしょに過ごしてきたけれど、老人のそんな幸せそうな顔は見たことがなかった。

「娘の名は、ローズマリーというんだ」と〈ギヴァー〉が言った。

だいじょうぶ。すべてうまくいく。ジョナスは一日中、何度も自分にそう言いきかせた。

しかしその日の夜、すべてが変わってしまった。すべてが——二人であれほど細心の注意を払って考えぬいたことのすべてが——崩《くず》れ去ってしまったのである。

21

その夜のうちにジョナスは逃げださなくてはならなくなった。家を出たのは、日が落ち、コミュニティが静かになってまもなくだった。まだ街路《がいろ》には作業員がいる時刻だったので、危険きわまりなかった。しかしジョナスはうまく人目を避け、音を立てないよう気をつけながら、物陰《ものかげ》を選んで歩いていった。明かりの消えた家々の間を縫《ぬ》い、人影のない〈中央広場〉を通りぬけて川へ向かう。〈広場〉の向こうには〈老年の家〉が見えた。その裏手には〈別館〉が、夜空にくっきりとその影を浮きあがらせている。けれども、ここで立ち止まるわけにはいかなかった。時間がないのだ。今は一刻《いっこく》を争う。一分一秒でも早く、コミュニティを離れる必要があった。

橋にさしかかった。前傾《ぜんけい》姿勢になり、自転車のペダルを着実《ちゃくじつ》にこいでいく。暗い色をした渦《うず》巻《ま》く川の水が、はるか下方《かほう》に見えた。

意外なことに、恐れも、住みなれた街を後にする名残惜《お》しさも感じなかった。ただ、この世で誰よりも心を許した友を残してきたことの深い悲しみが、胸を浸《ひた》していた。この危険な脱出の企《くわだ》てにさいして、決して声を上げてはならないことはわかっていた。けれども、ジョナスはありったけの思いをこめて背後に呼びかけずにはいられなかった。そして心から願った。〈ギヴァー〉。「彼方を聴く力」をもつあなたになら、きっと届いたはずですよね。ぼくの「さようなら」の声が。

事態が急転したのは夕食の時だった。家族ユニットはいつものように全員そろって食事していた。リリーはペチャクチャとしゃべりちらし、母と父はその日の出来事についておきまりの所感《しょかん》を述べた（そして嘘をついた）。ジョナスにはわかっていた）。すぐそばの床では、ゲイブリエルが楽しそうに遊んでいた。片言《かたこと》でしゃべりながら、時々はしゃいだ様子でジョナスのほうを見上げている。ジョナスが戻ってきたのがうれしくてしかたないらしい。ゆうべは彼が思いがけず外《がい》泊《はく》したので、さびしかったのだろう。

父が幼《おさ》な子《ご》を見下ろして言った。

「今のうちに遊んどいで、おちびさん。うちのお客でいるのも、今夜で最後だものな」

「どういうこと?」ジョナスは聞きとがめた。

父は落胆《らくたん》した様子でためいきをついた。

「いやあ、まいったよ。この子、今朝きみが帰ってきた時、いなかったろう。ゆうべは〈養育センター〉で過ごさせたんだ。いい機会だからね、きみがいない時に試してみようと思ったのさ。このところ、夜はよく眠っていたしね」

「うまくいかなかったの?」母が心配そうにきくと、父は悲しげに笑った。

「それどころじゃないよ。大惨事《だいさんじ》さ。ひと晩泣きどおしだったらしい。夜勤が手を焼いてね。今朝、出勤してみたら、みんなへとへとに疲れていたよ」

「ゲイブ、悪い子ね」リリーがそう言って、チッチッと舌を鳴らしてみせた。叱られた本人は、床の上でにこにこ笑っている。父は話を続けた。

「だから、これはもう決断しなければならないだろう、ということになったんだ。私ですら、ゲイブリエルの解放に賛成せざるをえなかったよ。今日の午後にその会議があったんだがね」

ジョナスはフォークを置き、父をじっと見つめた。「解放?」

父はうなずくと、言った。

「私たちはまちがいなく、全力をつくした。そうだろう?」

「そうですとも」母がきっぱりと告げた。

リリーもうなずいて同意を示した。

ジョナスは必死で平静《へいせい》を装ってたずねた。

「いつ？　解放は、いつやるの？」

「明日の朝一番だ。われわれはそろそろ〈命名の儀式〉の準備を始めなきゃならないからね。さっさとかたづけたほうがいいだろうということになったんだ。

バイバイでちゅねえ、ゲイブ。明日の朝にはね」

父の声は、例の甘ったるい、抑揚のない声だった。


ジョナスは川の向こう岸に着いた。しばし自転車を止め、後ろを振りかえる。これまでの全生涯を暮らしてきたコミュニティが、彼の背後で静かに眠りについていた。夜が明ければ、秩序正しく統制《とうせい》のとれた日常が、彼もよく知る生活が再び始まるのだ。そこにジョナスはいない。そこでは予期せぬことは何も起こらない。不便なこと、異常なことはいっさい発生しない。色彩のない、痛みのない、そして過去のない生活だ。

ジョナスは再びペダルを踏みしめ、道を続けた。こんなところで後ろを振りかえっていて時間を食うのは得策《とくさく》ではない。ここまでに犯した規則違反を数えあげてみる。かりに今すぐ捕まったとしても、罰せられるには十分だった。

まず、夜間に住居の外へ出た。重大な違反である。

第二に、コミュニティから食物を盗《ぬす》みだした。これもたいへん重い罪である。たとえ盗んだのが、回収のため玄関に出されていた夕食の残りものだったにせよ、違反には変わりない。

三つめ。父の自転車を盗んだ。これには一瞬ためらった。駐輪場の暗がりにたたずんで、しばし考えこんだ。別に父のものが欲しかったわけではない。それに、長年乗りなれた自分の自転車よりも大きいわけだから、無理なく乗れるかどうか自信もなかった。

しかし、どうしても後部にチャイルドシートがついている父の自転車でなければならなかったのだ。

そして四つめ。ジョナスは、ゲイブリエルも盗んできたのだった。

ジョナスの背中に、小さな頭がときおり軽く当たっていた。自転車の揺れに合わせて、ゲイブリエルの体が軽く跳ねているのだった。赤ん坊は後部座席にベルトで固定され、すやすやと眠っていた。家を出る前に、ジョナスはゲイブリエルの背中に手を強く押しあて、自分のもっているうちで最も心地よい記憶を伝えた。どこか南の島のヤシの木陰《こかげ》で優しく揺れるハンモック。夕暮れ時、近くの岸辺《きしべ》に打ちよせる、眠りを誘《さそ》うような物憂《ものう》くリズミカルな潮騒《しおさい》の響き。記憶が浸透《しんとう》していくにつれ、ゲイブが安らかな深い眠りに落ちていくのがわかった。それっきり、ジョナスがベビーベッドから抱きあげ、自転車のきゅうくつな後部座席にそっと座らせた時も、まったく目を覚まさなかった。

夜のうち、脱出が発覚するまでにはまだ時間があるはずだった。ジョナスは今のうちとばかり、懸命に、着実に自転車をこいでいった。同時に、長くこぎつづけても疲れないようペースに気を配った。時間切れで、〈ギヴァー〉と彼があてにしていたように強さと勇気の記憶を受けとることはできなかった。だからジョナスは、今もっている記憶に頼《たよ》るしかない。それでこと足りるのを願うのみだった。

ジョナスは郊外《こうがい》に広がるコミュニティ群を迂回《うかい》した。家々の明かりは消えていた。しだいにコミュニティ間の距離《きょり》が広がり、無人の道路がより長く続くようになった。足が痛みはじめたが、時がたつにつれ、感覚がなくなった。

明け方、ゲイブリエルが起きだした。周囲に人の気配はなかった。道の両側の野原には灌木《かんぼく》の茂みが点在している。小川が見えたので、ジョナスはタイヤ跡《あと》のついたでこぼこの草地《くさち》を横切り、そちらへ向かった。すっかり目を覚ましたゲイブリエルは、でこぼこ道で体が跳ねるのが楽しいらしく、きゃっきゃと笑っている。

ベルトをはずしてゲイブを草地に下ろしてやった。赤ん坊がうれしそうに草や小枝を拾いあげ、ためつすがめつしているのを見守る。自転車は深い茂みの中に慎重に隠しておいた。

「朝メシだよ、ゲイブ！」包みを開けて食料を出し、二人で食べた。家から持ってきたカップに小川の水をくみ、ゲイブリエルに飲ませてやった。それから自分もガブガブ飲んだ。そうして小川のほとりに座り、ニュー・チャイルドが遊ぶのを眺めた。

ジョナスはへとへとに疲れていた。眠らなければ、と思った。筋肉を休め、また何時間もこぎつづけるのに備えなければならない。日が高くなってから進むのは危険だった。

もうまもなく、ジョナスの捜索が始まるだろう。

茂みの中に格好《かっこう》の隠れ場所があったので、ゲイブを連れていき、腕に抱いて横たわった。赤ん坊は元気に手足をばたつかせている。レスリングごっこのつもりらしい。家でやったことがあるからだろう。くすぐってやると、ゲイブは大はしゃぎで笑ったものだった。

「ごめんな、ゲイブ」ジョナスは赤ん坊に言った。

「わかってるよ、朝だもんな。おまえは起きたばっかりだし。でも、ぼくたち眠らなきゃならないんだ」

ジョナスは小さな体をぎゅっと抱きよせ、背中をさすってやった。ささやき声であやす。それから手をしっかりと押しあてて、深く心地よい疲労の記憶を注いだ。ゲイブリエルはすぐにうとうとしはじめ、ジョナスの胸に頭をあずけて眠りに落ちた。

二人の逃亡者《とうぼうしゃ》は抱きあって眠った。最初の危険な一日が終わった。

最大の脅威《きょうい》は飛行機だった。すでに何日かが経過していたが、ジョナスにはもう日数がわからなくなっていた。旅はもはや機械的な行為《こうい》のくりかえしになっていた。日中は茂みや木立の中に隠れて眠る。水を探しに行く。注意深く残飯《ざんぱん》をより分ける。食料は野原で見つけることができたもので補充《ほじゅう》していた。そして夜には、いつ果てるとも知れない道のりを自転車で進んだ。

ジョナスの足の筋肉はもはやパンパンになっていた。眠ろうとしてじっとした姿勢をとると痛んだ。だが足は強靱《きょうじん》さを増していた。今では休憩も前ほどとらずにすんだ。時には自転車を止めてゲイブリエルを下ろし、簡単な体操をして体をほぐしたり、坂道を駆け下りたり、夜の野原を二人で走ったりもした。しかしいつでも自転車のところへ戻り、泣き言をいわない赤ん坊を再び後部座席に固定し、サドルにまたがると、ジョナスの足は長い道のりに向けて準備ができているのだった。

ジョナスは十分に自分自身の強さを身につけていた。時間があれば〈ギヴァー〉が与えてくれるはずだった記憶も、もはや必要なくなっていた。

しかし、飛行機がやって来た時には、勇気の記憶をもっと受けとっておけばよかったと思わずにいられなかった。

捜索機であることはわかっていた。かなり低く飛ぶので、眠っていてもエンジンの音で目が覚めた。ある時など、隠れ場所から恐るおそる上空を見上げていて、追っ手と目が合いそうになったこともある。

かれらは色を識別《しきべつ》できない。だから二人の肌の色も、ゲイブリエルの明るい金色の巻き毛も、かれらの目には無色の葉の茂みの間に浮かぶ灰色のシミにしか見えないはずだった。だがある時、ジョナスは科学技術の授業で習ったことを思いだした。捜索機は、人間の体の熱を探知《たんち》できる赤《せき》外線《がいせん》センサーを装備《そうび》している。この機械が、茂みの中で身を寄せあう二人の人間に照準《しょうじゅん》を合わせるだろう。

だからジョナスは飛行機の音が聞こえるや、ゲイブリエルに手を伸ばして雪の記憶を伝え、自分でも雪を思い浮かべた。すると二人とも体温が下がった。やがて飛行機が去ると、二人は寒さでがたがた震えながら抱きあって体を暖めあい、やっとまた眠りについた。

ときおり、急いで記憶をゲイブリエルに伝えようとする時、ジョナスは前よりもその記憶の奥《おく》行《ゆ》きが失われ、少し淡《あわ》くなったように感じることがあった。それはジョナスが望んでいたことでもあったし、彼と〈ギヴァー〉の計画の目的でもあった。コミュニティを離れるにつれてジョナスの記憶は放出され、人々のところへ戻っていくべきなのだ。だが今は、ジョナスには記憶が必要だった。飛行機が来ると、ジョナスは自分のうちに残っている寒さの記憶に必死でしがみついた。生き残るにはそれしかなかった。

飛行機はたいてい、二人が隠れている日中にやって来た。しかし、ジョナスは夜も警戒《けいかい》を怠らなかった。道路を自転車で走りながら、つねにエンジンの音に耳をそばだてた。しまいにはゲイブリエルまでもが耳をすませ、「ひこうき！　ひこうき！」と叫ぶようになった。ジョナスよりも早く、あの恐ろしい音に気づくこともあった。

日によっては、自転車を飛ばしている夜も捜索機が飛んできた。そんな時ジョナスは、最も近い木陰か茂みに猛スピードでつっこみ、地面に倒れこむ。そして急いで自分とゲイブリエルの体温を下げるのだった。それでも、まさに間一髪《かんいっぱつ》だったこともあった。

何日も夜どおしペダルをこいでいくうち、あたりは無人の光景が広がるばかりとなった。コミュニティ群もはるか後方に過ぎ去った。見渡すかぎり人里《ひとざと》離れた土地で、それでもジョナスは四《し》六時中《ろくじちゅう》、油断《ゆだん》なく周囲に注意を払っていた。飛行機の音がしたらすぐ飛びこめるよう、隠れ場所をつねに探していた。

しかし、飛行機はしだいに姿を見せなくなった。たまにしか来なくなり、来てものろのろと飛ぶだけになった。まるで、もう捜索は気休めにやっているだけで、とっくに望みは捨てているとでもいった様子だった。そしてついにある日、昼も夜も一度も飛んでこなかった。

22

あたりの景色が変わりつつあった。微妙《びみょう》な変化で、はじめは何が変わったのかわからなかった。道幅《みちはば》が狭くなり、凹凸《おうとつ》が激しくなっていた。このあたりはもう、道路整備もされていない地帯らしい。たちまち、自転車でバランスをとるのが困難になった。石ころとタイヤ跡のせいで前輪がふらついてしまう。

ある晩、ジョナスは自転車が大きな石ころにぶつかって急停止《きゅうていし》した拍子《ひょうし》に転倒した。とっさにゲイブリエルの体をつかんだ。ニュー・チャイルドはベルトで座席にしっかり固定されていたので、けがはしなかった。ただ自転車が横転《おうてん》したのにびっくりしていた。しかしジョナスのほうはくるぶしをひねってしまい、ひざもひどくすりむいた。ズボンの裂け目から血がにじみ出ている。痛みをこらえて体と自転車を起こし、ゲイブを安心させてやる。

警戒しつつも、ジョナスは日中も自転車を走らせはじめた。追っ手の恐怖は忘れ去られ、まるで遠い昔のことのように感じられた。だが今、別の恐怖が彼の心にしのびよっていた。見なれぬ景色の中に、正体不明の危険がひそんでいるように思われるのだ。

樹木《じゅもく》の数が目に見えて増えた。道の両側の森は暗く、神秘《しんぴ》に満ちている。しょっちゅう小川に遭遇《そうぐう》するようになったので、よく立ち止まって渇《かわ》きをいやした。ジョナスはすりむいたひざをていねいに洗い、痛さに顔をしかめながら、皮のむけたところをこすった。腫《は》れたくるぶしは痛みつづけていたが、ときおり道沿いの溝《みぞ》を音立てて流れる冷たい水に浸《ひた》すと、痛みが治まった。

ジョナスは改めて気づく。ゲイブリエルの安全は、ひとえにジョナスの体力がもつかどうかにかかっている。

二人は初めて滝《たき》を見た。初めて野生の生きものにも出会った。

「ひこうき！　ひこうき！」とゲイブリエルが叫びだしたので、ジョナスはすばやく向きを変え、茂みの中へと急いだ。ここ何日も現れなかったのに。だがエンジンの音は聞こえない。自転車を茂みの中に止め、急いでゲイブを連れに戻ると、赤ん坊は短いぷくぷくした腕を上げ、空を指さしている。

怯《おび》えて空を見上げる。だが飛行機の姿はない。その時、やっとわかった。それまで実際に見たことはなかったものの、薄れゆく記憶の中に見つけた。かつて〈ギヴァー〉がよく見せてくれた。ゲイブが指さしていたのは鳥だった。

やがてすぐに、たくさんの鳥に出会った。鳥たちは、沿道《えんどう》に姿を見せたかと思うと二人の頭上高く舞いあがり、さえずった。シカもいた。ある時など、道路わきにたたずんで、二人をものめずらしげに、怖がりもせずに見つめる小さな生きものに出会った。赤茶色の毛をしていて、太い尻尾《しっぽ》があった。だがジョナスには、この生きものの名前がわからなかった。自転車の速度を落とし、たがいにしばらく見つめあった。やがて生きものは身をひるがえして森の中へ消えた。

すべてが目新《めあたら》しかった。〈同一化〉と予測可能性に支配された生活では味わえないことだった。道がカーヴするごとに待ちうけている驚きの連続に、ジョナスは畏敬《いけい》の念を抱いた。何度も自転車の速度を落としては、野生の花々に目をみはり、近くでさえずる耳新しい鳥の声に聞きほれた。風が木の葉を揺らす様子にただ見とれていることもあった。コミュニティで過ごした一二年の間には、こんなふうに至福《しふく》の瞬間を無心に味わうことは一度もなかった。

一方で、ジョナスの胸のうちにはさしせまった不安がしだいにつのってもいた。ここにきて最も執拗《しつよう》に彼を苦しめていたのは、餓死の恐怖である。すでに耕作地帯を過ぎ、もはや食物にありつける望みはほとんどなかった。最後に通った畑で確保《かくほ》した、わずかな蓄えだったジャガイモやニンジンも、食べつくしてしまった。二人はいまや、いつも空腹を抱えていた。

ジョナスは小川のほとりにひざまずいた。手で魚を捕まえようとしたがだめだった。いらいらして、流れに小石を投げつけた。そんなことをしてみても何にもならないとわかってはいたのだが。ついには、苦しまぎれにまにあわせの網《あみ》を作った。曲がった木の枝に、ゲイブリエルの毛布からとりだした毛糸を巻きつけたのである。

何度も何度も試みたあげく、ようやくピチピチ跳ねる銀色の魚が二匹、網にかかった。とがった石を使ってていねいに身を切り分け、生《なま》のまま二人でガツガツと食べた。野いちごなどの木の実も食べた。鳥を捕まえようと、むなしい挑戦をしたこともある。

ある晩、ゲイブリエルがかたわらで眠った後、ジョナスは横たわったもののひどい空腹で眠れずにいた。毎日、食事が各家庭に届けられていたコミュニティでの生活を思いだした。

衰《おとろ》えてきた記憶の力を使って、食事のシーンを再現してみた。短くてかすかな断片を操る。巨大なロースト肉が供《きょう》される宴会《えんかい》。粉砂糖《こなざとう》をたっぷりまぶしたケーキが出てくる誕生日パーティー。陽ざしをぞんぶんに浴びて熟《じゅく》したのを木からもいですぐに食べる、みずみずしい果物。

けれども、記憶の場面が消えてしまえば、耐えがたいほどのむなしさがよけいにジョナスを苦しめた。ふと、暗澹《あんたん》たる気持ちで思いだした。幼いころ、まちがった言葉づかいをして叱られた時のことだ。「飢え」という言葉についてだった。「あなたはこれまで飢えたことなどありません」、彼はそう言って非難された。「そしてあなたは、今後も飢えることはありません」

だが彼は、現に飢えているのだった。コミュニティにとどまっていたら飢えることはなかっただろう。しごく単純なことだ。かつてジョナスは、選ぶという行為にあこがれた。そして彼は選んだ。それも、コミュニティを去るというまちがった道を。そのあげくに飢えているのだった。

でも、もしとどまっていたら……

ジョナスは考えつづけた。もしとどまっていたら、ぼくはちがうことで飢えていただろう。感情に、色彩に、愛に飢える生活を送ることになったはずだ。

それに、ゲイブリエルは？　ゲイブリエルは、人生すら奪われようとしていた。選択の余地すらなかったのである。

もはやペダルをこぐのにたいへんな努力が必要だった。それほどジョナスは弱っていた。ろくに食べていないのだから無理もなかった。その時、ジョナスは気づいた。彼は今、長いこと見たいと切望していたものに思いがけず遭遇するところだった。丘である。ねんざしたくるぶしがズキズキと痛んだ。それでも、ほとんど限界を超えた努力でペダルを踏みしめた。

天気も変わりつつあった。ここ二日は雨だった。記憶の中ではたびたび経験していたものの、ジョナスはそれまで雨を見たことがなかった。記憶の中の雨は好もしく、そのたびに未知の感覚を楽しんだ。しかし、現実の雨はそんなに甘いものではなかった。二人の体は冷え、びしょ濡れになった。濡れるとなかなか乾かない。太陽が時々顔を出すくらいではどうしようもなかった。

ゲイブリエルは、それまでの長く恐ろしい旅の間、決して泣かなかった。けれども今は泣いていた。お腹がすいて、寒くて、衰弱《すいじゃく》しきって泣いているのだ。ジョナスも泣いた。ゲイブと同じ理由のほかに、別のわけもあった。ジョナスはすすり泣いた。ぼくにはもう、ゲイブリエルを救えないんじゃないか。彼はもはや、自分の身などかまっていなかった。

23

ジョナスはいよいよ確信を強めた。しのびよる夜の気配の中で、旅の目的地が目前に近づいているのが感じられた。知覚で確認したわけではない。前方にはただ、彎曲《わんきょく》した狭いカーヴの続く、果てしない一条の道路があるだけだった。何の音も聞こえない。

それでも、ジョナスは感じていた。〈よそ〉はもうさほど遠くないはずだ。だが、そこへたどりつける望みは薄かった。身を切るような冷気が、渦巻く白い物体で視界をぼやけさせはじめると、その望みはさらに減った。

ゲイブリエルはボロ切れのような毛布にくるまって体を丸め、寒さに震えながら、小さな座席にじっと座っている。ジョナスは疲れはてて自転車を止めた。赤ん坊を抱きおろそうとして、胸がしめつけられた。ゲイブの体は冷えきってぐったりしていた。

立っている足元に冷たいものが盛りあがり、かじかんだ足のまわりを埋めつくしていく。ジョナスは上着の前を開けて、ゲイブリエルを裸の胸にじかに抱きかかえた。そしてボロボロの汚れた毛布で二人の体をいっしょに巻いた。ゲイブリエルはジョナスの胸で弱々しく体を動かした。

赤ん坊の短いすすり泣きの声が、二人を囲む静寂《しじま》の中へ消えた。

ジョナスはおぼろげながら思いだした。その物質と同様にかすんでいて、ほとんど忘れかけていた知覚が、その白いものの正体を教えた。

「雪っていうんだよ、ゲイブ」ジョナスはささやいた。

「雪のかけらさ。空から降ってくるんだ。とってもきれいなんだよ」

赤ん坊は何も反応しなかった。あれほど好奇心にみちて快活《かいかつ》な子だったのに。ジョナスは夕闇《ゆうやみ》の中で、自分の胸にもたれた小さな頭をじっと見下ろした。ゲイブリエルの巻き毛はもつれて汚れていた。青ざめた頬には、涙の跡が泥でふちどりされている。二つの目は閉じていた。見ていると、ひとひらの雪が舞いおり、その小さな震えるまつげの上にとどまって一瞬きらめいた。

重い体にむちうって、ジョナスは再び自転車にまたがった。目の前に険《けわ》しい丘がぬっとそびえている。最もよい条件下でも、この丘を自転車で登るのはそうとうたいへんだろう。しかしいまや、どんどん激しくなっていく雪のせいで狭い道は見えづらくなり、自転車で進むのは無理だった。疲れきってまひした足でペダルを踏むと、前輪がごくわずか進んだ。だが自転車はそこで止まり、それ以上動かなくなった。

ジョナスはサドルから降りると、自転車を雪の中へ横倒しにした。ほんの一瞬、考えてしまった。どんなに楽だろう、自分もそのそばに身を投げだすことができたら。ゲイブリエルと二人、ふかふかの雪の中、夜の闇の中へ滑りこみ、暖かく心地よい眠りへと落ちていけたら。

だが、ここまで来てしまったのだ。何とかして前へ進まなければならない。記憶はもうジョナスを去っていた。彼の防御《ぼうぎょ》を逃《のが》れてコミュニティの人々のところへ戻ってしまったのだ。もはや何ひとつ残ってはいないのだろうか？　ぬくもりの最後のかけらにすがりつくことはできないだろうか？　ジョナスにはもう、〈注《そそ》ぐ〉力はないのか？　ゲイブリエルにはもう、〈受けとる〉ことはできないのか？

ジョナスはゲイブリエルの背中に両手を押しつけ、陽光を思いだそうとした。はじめは何も訪れそうになかった。もう力がまったく残っていないように思われた。だがふいに、頭の中で何かが点滅した。ほんのわずかだが熱の感触があった。それはじんわりと、ジョナスの凍えた足から爪先《つまさき》へと広がっていった。顔がほてってきた。冷えきって張りつめていた腕や手の皮膚が、しだいにゆるんでいくのがわかった。一瞬、ジョナスはこのぬくもりを独《ひと》り占《じ》めしたいと感じた。何ものにも、誰にも悩まされずに、心ゆくまで陽の光を浴びたかった。

だがその瞬間が過ぎると、ある衝動《しょうどう》が、さしせまった熱烈《ねつれつ》な願いがジョナスをかりたてた。このぬくもりを、いまやぼくが愛することのできるただ一人の人間と分かちあいたい。ジョナスは力を振りしぼり、腕の中で震えている痩せた体にぬくもりの記憶を注ぎこんだ。

ゲイブリエルの体がぴくっと動いた。二人とも、つかの間だが暖かな陽光を浴びたおかげで元気をとりもどした。しばらく立ったまま吹雪の中で抱きあっていた。

ジョナスは歩いて丘を登りはじめた。

ぬくもりの記憶はあまりに短かった。重い足を引きずって、夕闇の中をほんの二、三ヤード進んだだけで記憶は去り、二人は再び寒さに凍りついてしまった。

それでも、ジョナスの意識ははっきりしていた。わずかな間でも暖かさを味わったことで、無力感もあきらめの気持ちも吹き飛んでいた。ジョナスは生きる意志をとりもどしていた。もはや感覚を失った足を踏みしめ、歩く速度を上げる。しかし丘は危険なまでに傾斜がきつかった。雪と体の衰弱も前進を阻《はば》んだ。さほど進まないうちによろめき、前へ倒れてしまった。

ひざをついて起きあがれないまま、ジョナスは再び試してみた。意識が、別のぬくもりの記憶のかけらをつかんだ。必死でそのままとどめ、引きのばし、ゲイブリエルに渡そうとした。再び、つかの間のぬくもりで気力と体力が高まり、立ちあがった。丘を登りはじめると、ゲイブリエルがまた胸の中で動いた。

だが記憶は消えていき、ジョナスは前よりさらに寒くなった。

脱出までに、〈ギヴァー〉からぬくもりの記憶をもっとたくさん受けとる時間さえあったら！そうすれば今、もっと残っていただろうに。しかし、悔《く》やんでみてもはじまらない。今は足を動かすことだけに集中するんだ。どうにかしてゲイブリエルと自分の体を暖め、前に進まなければ。

登っては立ち止まり、記憶を振りしぼってしばし体を暖めてはまた登る。浮かぶのはちっぽけな記憶の断片ばかりだったが、いまやそれが彼に残されたすべてのようだった。

丘の頂上まではまだまだありそうだった。たどりついたとしても、その先に何が待ちうけているのかわからなかった。だが、進みつづける以外になかった。ジョナスはのろのろと登っていった。

やっとのことで頂上に近づいた時、何かが起こりはじめた。暖かくなったわけではない。どちらかといえば体はさっきよりもかじかみ、寒さは増していた。疲れがとれたわけでもない。それどころか足どりは重く、疲れきった冷たい足を動かすのがやっとだった。

だが、唐突に、ジョナスは幸福を感じはじめた。幸せな時間がよみがえってきた。両親と妹を思いだした。友だちのアッシャーとフィオナを思いだした。〈ギヴァー〉を思いだした。

歓びの記憶が、ふいにジョナスのうちにあふれだした。

丘が一段と高くなっているところにたどりついた。雪まみれの足の下で、地面が平らになっているのがわかった。登り坂は終わっていた。

「もうすぐだよ、ゲイブリエル」ジョナスはささやいた。なぜかはわからないが、かなりの確信があった。

「この場所には覚えがあるんだよ、ゲイブ」

それは本当だった。しかし、貧弱《ひんじゃく》な、重苦しい回想をつかんだ結果ではなかった。これはちがうものだった。これは彼が心の中に保ちつづけることができるもの、つまりジョナス自身の記憶だった。

ジョナスはゲイブリエルを抱きしめた。ごしごしと小さな体をさすって暖める。何としてもこの子を生かさなければ。風が身を切るような冷たさで吹きつける。くるくると舞う雪で何も見えない。けれども前方のどこか、吹雪の幕《まく》の向こうに、ぬくもりと光があることをジョナスはわかっていた。

最後の力を振りしぼり、とっておきの記憶を心の奥深くから引きだす。橇だ。丘の頂上でぼくらを待っているはずだ。あった。かじかんだ手でロープを探しあてる。

橇に乗り、ゲイブリエルをしっかりと抱きかかえる。傾斜は急だが、積もっているのはやわらかい粉雪《こなゆき》だ。それに今回は道が凍っていないから、滑落も痛みもないはずだった。凍えた体の内側で、心が期待に高鳴《たかな》った。

丘を下《くだ》りはじめる。

ジョナスは自分が意識を失いつつあるのを感じた。全神経を集中し、橇の上に上半身を立てて、ゲイブリエルの体をしっかりつかんでいることだけを考える。滑走面が雪を切りさき、風が顔に激しく吹きつける。橇が雪をさいてまっすぐにつっぱしる先に、この旅の目的地があるのだ。いつも彼を待ってくれていると感じてきたあの場所。二人の未来と過去が大切にしまわれている、あの〈よそ〉だ。

ジョナスは必死で目を開けていた。橇は下へ、下へと滑り降りていく。やがて忽然《こつぜん》と明かりが見える。今では彼にはわかっている。それは部屋の窓からもれるともしびだ。赤、青、黄の光が木の枝にまたたいている。家族が記憶をつむぎ、大切に守りつづけている場所。そして、愛が称《たた》えられている場所。

下へ、下へ、速く、もっと速く。突然、ジョナスははっきりと、歓びとともに悟る。この下で、この先で、あの人たちがぼくを待っててくれてるんだ。そしてこの赤ちゃんのことも待っててくれてるんだ。ジョナスの耳が、初めて何かをとらえた。これが音楽なんだ。人々が歌っているのが聞こえる。

背後の、はるかな時空《じくう》を隔《へだ》てた彼方、ジョナスが後にしてきた場所からも、音楽が聞こえてきたように思った。だがそれは、ただのこだまだったのかもしれない。

ど、自分の日常とはかけはなれた感覚がとても気に入っていました。」(英語のスピーチ全文は上記サイトに掲載されている)

邦訳のあるローリーの作品一覧 (原書刊行順)

- **A Summer to Die**, 1977(足沢良子訳『モリーのアルバム』講談社　1982)
- **Anastasia Krupnik**, 1979(《アナスタシア・シリーズ1》掛川恭子訳『愛って、なあに?　わたしのひみつノート1』偕成社　1988)
- **Anastasia again!**, 1981(《アナスタシア・シリーズ2》掛川恭子訳『おとなりさんは魔女かしら　わたしのひみつノート2』偕成社　1989)
- **Anastasia at your service**, 1982(《アナスタシア・シリーズ3》掛川恭子訳『ただいまアルバイト募集中　わたしのひみつノート3』偕成社　1989)
- **Number the Stars**, 1989(掛川恭子・卜部千恵子訳『ふたりの星』講談社　1992)
- **The Giver**, 1993(掛川恭子訳『ザ・ギバー　記憶を伝える者』講談社　1995)
- **The Silent Boy**, 2003(中村浩美訳『サイレントボーイ』アンドリュース・プレス　2003)
- **Gossamer**, 2006(西川美樹訳『ドリーム・ギバー　夢紡ぐ精霊たち』金の星社　2008)

〈ギヴァー三部作〉について

本作『ギヴァー』と、以下に概要を記す続編 **Gathering Blue** (2000)、**Messenger** (2004)(いずれも未邦訳)の3冊が〈ギヴァー三部作〉(The Giver Trilogy)とされている。

- **Gathering Blue**　足に障害をもつ少女キラ(Kira)は、母を亡くしひとりぼっちになってしまった。病者や不適合者への敵意に満ちた村で生き残るには、評議会の審議をパスしなければならない。ところが、召喚されたキラを待っていたのは思いもかけない運命だった…。『ギヴァー』の世界からさらに苛烈さを増した近未来社会で、真実に迫っていく子どもたちの姿が描かれる。
- **Messenger**　叡智ある者の指導のもと、人々が互いに支えあい、平和に暮らす「村」。その周囲には村人の恐れる森が広がっていた。ある時、不吉な変化があらわれ、村の境界は固く封鎖されてしまう。不思議な力をもつ少年マティ(Matty)は、村の外にいるキラをとりもどすため森に入るが…。『Gathering Blue』と『ギヴァー』の登場人物が出逢い、三部作が完結する。

作者ロイス・ローリー（Lois LOWRY）について

アメリカの児童文学作家。1937年ハワイに生まれる。連合国陸軍の歯科医将校だった父について各地を転々とし、第二次世界大戦が終結してまもない1948〜50年、11歳から13歳までの少女時代を東京の「ワシントン・ハイツ」（現在の渋谷区代々木公園内に設けられていた駐留米軍将校用の団地）で過ごす。高校時代にニューヨークに戻り、アイヴィー・リーグ八校の一つブラウン大学に入学したが、在学中の19歳で結婚し大学を中退する。海軍士官の夫について再び国内転地をくりかえす間に4児の母となる。夫の退官にともないメイン州に落ちついたのち、州立南メイン大学に再入学し大学院を卒業。この頃から、幼少時以来ノートに書きつづっていた物語や詩をもとに本格的な執筆活動を始める。1977年、夭逝した姉の思い出を題材とした処女作 *A Summer to Die*（邦題『モリーのアルバム』）を発表、高く評価される。同年に離婚。

ナチス占領下のデンマークを舞台に、自由と友情を求める少女の姿を描いた *Number the Stars*（邦題『ふたりの星』）と本作で、世界的に名高い児童文学賞「ニューベリー賞」を受賞（1990年度と94年度）。ほかにも「ボストン・グローブ＝ホーン・ブック賞」、「マーク・トウェイン賞」など数々の文学賞を受賞している。現在までに約40冊の小説を発表しており、作品世界もスタイルも多彩だが、そのすべてに「人間同士のつながり」というテーマが貫かれている。児童文学作家でありながら読者層は大人から子どもまで幅広く、国内のみならず世界中にファンをもつ。

ふだんはマサチューセッツ州ケンブリッジに住み、ときおりメイン州の別宅で自然を満喫する生活をおくっている。自身のサイト（http://www.loislowry.com/）やブログ（http://loislowry.typepad.com/lowry_updates/）では、４人の孫たちや日々の暮らしの光景を自ら撮影した写真が公開されている。

本作品について（原題：**The Giver**, New York : Houghton Mifflin Company, 1993）

原作は累計530万部のセールスを記録しているロングセラー。日本でも1995年に邦訳『ザ・ギバー　記憶を伝える者』（講談社）が刊行されて多くの愛読者を獲得したものの、残念ながら絶版となっていた。本書はその新訳版である。

作者はニューベリー賞の受賞スピーチの中で、この作品の最初の着想は少女時代を過ごした東京・渋谷での体験だったと語っている。「日本社会から隔絶したワシントン・ハイツは、まるで合衆国内の村の奇妙なレプリカのようでした。私はいつも両親に内緒で、自転車に乗り、快適でなじみ深くて安全なコミュニティを抜けだして街へ出かけました。丘を下り、親しみのない、ちょっと居心地の悪い、ひょっとしたら危険な渋谷の街へ入る時、胸が高鳴りました。街にあふれる活気、派手な灯り、騒音な

『ギヴァー』を全国の読者に届ける会

http://thegiverisreborn.blogspot.com/

協力者（2011年8月1日現在／参加順）

当会（略称“『ギヴァー』の会”）は、この作品に感動し、一人でも多くの人に読んでほしいと願う全国の有志によって結成されました。私たちは今後も本書の普及をめざして活動していきます。もしこの本をおもしろいと思ってくださり、また当会の活動趣旨にご賛同いただけるようでしたら、ぜひご参加いただければ幸いです。詳細は当会ブログ（URL上記）をご参照ください。

吉田新一郎／東京都　長崎政浩／高知県　門倉正美／神奈川県　関宣昭／福岡県　音羽利郎／滋賀県　宇野沢和子／東京都　澤野誠／神奈川県　岩本昌明／富山県　岩崎隆／埼玉県　鈴木真理子／東京都　大沢利郎／神奈川県　北川邦弘／東京都　浅川和也／埼玉県　二通信子／東京都　大島弥生／東京都　中川靖之／三重県　牧野由美／富山県　吉沢郁生／大阪府　藤田恵子／埼玉県　本江哲行／富山県　横田玲子／兵庫県　三浦一郎／兵庫県　甲斐崎博史／埼玉県　河野通暁／埼玉県　栄利滋人／宮城県　佐藤広子／東京都　加藤博美／東京都　恒川かおり／岩手県　二宮孝／東京都　嶋田和子／東京都　糸井登／京都府　内田光生／神奈川県　神谷芳枝／神奈川県　加藤哲夫／宮城県　岡崎直実／福岡県　内山茂身／茨城県　小暮昌子／群馬県　伊藤かおり／岐阜県　合田郁夫／富山県　岩崎敏之／静岡県　葛野優／秋田県　種口美智子／富山県　秀島直哉／東京都　佐藤幸子／秋田県　牛田伸一／神奈川県　伊藤通子／富山県　松永修一／埼玉県　向後朋美／埼玉県　児童文学研究会／福岡県　仲紀子／福岡県　ブック・ネットワーク北九州／福岡県　杉山幸一・杉山浩子／栃木県　下藤陽介／神奈川県　岩瀬直樹・岩瀬さやか／埼玉県　阿部正人／宮城県　白鳥信義／栃木県　清水智子／神奈川県　山田玲良／北海道　渡邉美江／神奈川県　赤塚治美／山形県　恵美佐知子／東京都　林仁／山形県　後藤実把瑠［美晴］／東京都　影山陽子／東京都　シニアライフ研究会／東京都　橋本慎二／熊本県　筑田周一／東京都　赤木博／福岡県　奈良和美／秋田県　小室桃子／東京都　おちゃめんたー／岩手県　菊地隆平／宮城県　瀧口智子／山口県　高橋香織／宮城県　ペアレント・プロジェクト・ジャパン／岩手県　都丸陽一／神奈川県　モリ由梨／神奈川県　筒井洋一／京都府　山田日弓／東京都　山下久美子／富山県　冨田明広／神奈川県　鎌田和宏／東京都　小坂敦子／愛知県　武田三奈／宮城県　伊東峻志／東京都　廣世友和／富山県　田中みち子／神奈川県　広木敬子／神奈川県　赤城貴紀／東京都　山本幹彦／北海道　大間努／東京都　榎本淳／岐阜県　紅谷昌元／マレーシア　マーク・クリスチャンソン／東京都　藤尾智子／岩手県　末川紀美恵／福岡県　宮順子／岩手県　小山恵美子／東京都

訳者紹介

島津《しまづ》やよい

1969年生まれ。91年、早稲田大学第一文学部卒。人文・社会科学系出版社数社での勤務を経て、現在、翻訳・編集業。

ギヴァー　記憶を注《そそ》ぐ者

2010年1月10日　初版第1刷発行
2013年1月25日　初版第3刷発行

企　画　『ギヴァー』を全国の読者に届ける会
訳　者　島津やよい
発行者　武市一幸

発行所　株式会社　新評論

〒169-0051　東京都新宿区西早稲田3-16-28
http://www.shinhyoron.co.jp

TEL　03 (3202) 7391
FAX　03 (3202) 5832
振替　00160-1-113487

定価はカバーに表示してあります
落丁・乱丁本はお取り替えします

装　訂　山田英春
印　刷　フォレスト
製　本　清水製本プラス紙工

ISBN 978-4-7948-0826-4
Printed in Japan

レーナ・クルーン／末延弘子 訳

ウンブラ／タイナロン

無限の可能性を秘めた二つの物語

幻想と現実の接点を類い希な表現で描く、現代フィンランド文学の金字塔。レーナ・クルーン本邦初訳!
[四六上製　284頁　2625円　ISBN4-7948-0575-6]

レーナ・クルーン／末延弘子 訳

木々は八月に何をするのか

大人になっていない人たちへの七つの物語

植物は人間と同じように名前と個性と意思をもっている…。詩情あふれる言葉で幻想と現実をつなぐ珠玉の短編集。
[四六上製　228頁　2100円　ISBN4-7948-0617-5]

レーナ・クルーン／末延弘子 訳

ペレート・ムンドゥス　ある物語

鋭い文明批判と諷刺に富む警鐘の書。富山太佳夫氏絶賛!　「こんなに素晴らしい作品は久し振りだ」
[四六上製　286頁　2625円　ISBN4-7948-0672-8]

レーナ・クルーン／末延弘子 訳

蜜蜂の館　群れの物語

1900年代初めに建てられたこの建物は、かつて「心の病の診療所」だった…「存在すること」の意味が美しい言葉でつむがれる。
[四六上製　260頁　2520円　ISBN978-4-7948-0753-3]

カリ・ホタカイネン／末延弘子 訳

マイホーム

家庭の一大危機に直面した男が巻き起こす"悲劇コメディー"!
世界12か国語に翻訳されたフィンランドのベストセラー。
[四六上製　372頁　2940円　ISBN4-7948-0649-3]

アマドゥ・ハンパテ・バー／樋口裕一・山口雅敏・冨田高嗣 訳

アフリカのいのち

大地と人間の記憶／あるプール人の自叙伝

稀代の奇書『ワングランの不思議』で世界を魅了したマリ出身の偉大な語り部がつむぐ、知られざるアフリカと人々の生きた歴史。
[A5上製　496頁　3990円　ISBN4-7948-0574-8]

＊ 表示価格は消費税（5%）込みの定価です